Hans Schütz

Nebelstochern
Eine Kindheit am Lech

Meiner Frau Marianne Schütz,
den Kindern Stephan, Nico und Jonas,
sowie meinem Geburtsort Lechbruck gewidmet.

Hans Schütz

Nebelstochern

Eine Kindheit am Lech

Bibliografische Information der Deutschen Bibliothek:
Die Deutsche Bibliothek verzeichnet diese Publikation
in der Deutschen Nationalbibliografie.
Detaillierte bibliografische Daten sind im Internet
abrufbar unter http://dnb.ddb.de.

März 2006
© Hans Schütz, Peiting
Lektorat: Claudia Fenster-Waterloo, Steingaden
Herstellung und Verlag: Books on Demand GmbH,
Norderstedt

ISBN 3-8334-4782-6

Inhalt

Einleitung

Aller Anfang ist schwer. In mir ist zwar alles da. Doch wie das Vorhandene fassen, packen, in Sprache, in Sätze formen, damit noch erkennbar wird, was da ist, in mir?

Es ist wie im Nebel zu stochern: Man weiß ganz genau, was der Nebel verbirgt, der sich auf eine vertraute Gegend gelegt hat. Man kennt sich aus. Und doch greift man daneben.

Erinnerung kann täuschen. Wer schon einmal bei Nebel eine ihm bekannte Straße gefahren ist, in Eile vielleicht und daher für die Verhältnisse eigentlich zu schnell, der weiß, wie man sich täuschen kann. Wo bin ich? Es müsste doch längst schon die Biegung, der Baum, die Hecke erreicht sein. Habe ich mich doch verfahren? Eine Abzweigung verpasst?

Das Gebiet, das ich rückblickend fassen will, ist ein schwieriges. Es entzieht sich mir nicht nur nebelartig. Manches ist wirklich weg, nicht mehr da, wo es einmal war. Gesichter tauchen auf, deren Namen mir nicht mehr um alles in der Welt einfallen wollen.

Ich sehe Personen vor mir, ganz genau bis in kleinste Einzelheiten. Ich sehe Augen und Nasen, Ohren und Münder, Falten, Runzeln, Warzen und Hände. Hände habe ich mir wohl schon immer genau angesehen, sie mir eingeprägt, zugeordnet und in Klassen eingeteilt. Aber ich höre die Personen in der Erinnerung auch sprechen. Ich sehe sie mitsamt ihrer für sie typischen Mimik und Gestik. Geschichten fallen mir ein, Ereignisse, die mit den Menschen verbunden sind – nur oftmals deren Namen nicht.

Gedächtnistraining. Der Name liegt mir auf der Zunge. Ich weiß, dass ich den Namen doch gewusst habe, ja ich weiß sogar, dass ich den Namen immer noch weiß. Nur er fällt mir nicht ein. Ärger steigt hoch, Alzheimerwitze „trätzen" mich. Ich stelle vergebliche Versuche an, meiner Erinnerung auf die Sprünge zu helfen. Das Alphabet soll helfen. Von A bis Z buchstabiere ich halblaut vor mich hin, ordne Namen zu, wäge sie ab auf meiner Zunge. Ich prüfe Laute, als wären sie eine Melone auf dem Wochenmarkt. Viele werden gleich wieder aussortiert, zurückgelegt in die Ablage. Andere kommen in eine Art engere Auswahl, werden noch einmal rundum betrachtet, abgeklopft. Die letzten sind schon nahe dran und doch weiß ich jetzt, der gesuchte Name ist nicht dabei. Aber er ist doch da, in meinem Kopf! Nur wo? Also beginnt das ganze Suchspiel von neuem.

Manchmal hilft es. Wie groß ist meine Erleichterung, wenn ich dem Nebel, dem Vergessen, doch noch einen Namen entrissen habe! Sorgsam spreche ich ihn aus und zwar jeden Laut genau so, wie er gerade für die Person ausgesprochen werden muss, die diesen Namen trägt. Es kommt vor, dass bei zwei Personen derselbe Name gleich geschrieben wird, aber völlig unterschiedlich lautet. Wenn die Aussprache passt, klingen sie und meine Vorstellung von der betreffenden Person zusammen wie zwei aufeinander abgestimmte Kirchenglocken.

Manchmal hilft das Alphabet gar nicht. Dann breche ich frustriert die Suche ab. Das Stochern im Nebel war vergebens. Die Gedanken wenden sich anderem zu. Plötzlich aber, oft nach Stunden, erwische ich mich dabei, dass ich noch nicht kapituliert habe. Etwas in mir gibt nicht auf, weiß genau, dass irgendwo da drinnen dieser Name doch noch vorhanden sein muss. Und er ist da, plötzlich, ohne Vorwarnung, ohne Hilfsgerüst, ohne Mühe. Welch Erlösung!

Wenn nicht, geht die Suche weiter. Sie wird zwar zurückgestellt, aber nicht vergessen. Ich tu zwar so, als hätte ich die ganze Angelegenheit schon abgehakt, doch in Wahrheit suche ich weiter. Es ist jetzt wie ein Spiel mit dem Gedächtnis: Ich gehe nicht mehr direkt auf die Sache los, sondern lenke ab, täusche und tarne. So gelingt es manchmal. Und dann steht der Name da, als wäre er immer schon dort gewesen, genau an der Stelle, wo er hingehört, und ich frage mich, warum ich nicht gleich am richtigen Platz gesucht habe.

Eine Möglichkeit, um vergessene Namen wieder aufzutreiben, ist, andere Menschen zu fragen, so ganz nebenbei, ohne auch nur im Geringsten zuzugeben, wie viel einem dieser Name auf einmal bedeutet, wie wichtig er geworden ist. Es sind nicht viele Verwandte in meiner Nähe, die ich so unbefangen befragen könnte. Die Mutter, aber den Vater leider nicht mehr, den Bruder. Bekannte aus gemeinsamer Kindheit sind so gut wie nicht greifbar. Ein Umzug im Alter von dreizehn Jahren auf die andere Lechseite, aus dem Geburtsort Lechbruck weg nach Steingaden, erweist sich im Nachhinein als beträchtliches Hindernis.

Zwar blieben noch gemeinsame Schulfreunde aus Lechbruck, die dasselbe Gymnasium in Füssen besuchten, doch die Kontakte wurden weniger. Denn der Bus aus Steingaden fuhr eine andere Strecke, nämlich über Trauchgau, Buching, Schwangau, vorbei am Bannwaldsee, der St.-Coloman-Kirche und den Königsschlössern und dann erst über den Lech hinüber ins Städtchen Füssen.

Die Lechbrucker Gymnasiasten aber überquerten auf ihrem Schulweg den Fluss nie. Sie blieben von der Abfahrt beim Postamt oberhalb des Metzgerbergs bis zur Ankunft in Füssen auf der linken, westlichen Lechseite: Sie fuhren über St. Wendelin, Sameister, Roßhaupten-Bahnhof, Roßhaupten und Rieden, dann sanft hinunter und am Forggensee entlang und hinein in die Stadt zum Busbahnhof. Dort trafen sich die Fahrschüler, um gemeinsam die wenigen Meter hinüber zum Gymnasium zu gehen.

Noch eine Möglichkeit, um an einen verloren gegangenen Namen zu kommen: Ich suche alles zusammen, was mit dem Besitzer des Namens verbunden ist, mache mir ein genaues Bild von ihm und das schärft die Erinnerung. Dazu gehören die Kleidung, die Stimme, der Geruch oder eine Geschichte. Zu jedem Namen ist auch eine bestimmte Umgebung in meinem Gedächtnis abgespeichert: Die Schulzimmer, der riesige Sandkasten im Kindergarten, die Kirche und mehr noch der Friedhof, oft auch der Wald und die Wiesen, ein Bach oder der Fluss.

Landschaft geht nicht so leicht verloren wie Namen. Sie ist da wie immer, auch wenn sie heute verbaut ist, ausgeräumt, flurbereinigt, abgeholzt, begradigt, von Straßen und Wegen zerschunden und umgepflügt, von Neubauten und Gewerbegebieten zersiedelt, von Mobilfunksendern verschandelt, von Hochspannungsleitungen zerschnitten und von Stauseen zugedeckt. Aber egal wie sich die Gegend meiner Kindheit durch das vielfältige Eingreifen der Menschen verändert hat, in mir ist sie so geblieben, wie sie damals war.

Hier gibt es kein Suchen und Stochern. Es genügt ein Gedanke und schon bin ich angekommen, wo ich früher einmal war: Am langen südhängigen Falchen, einem an seiner höchsten Stelle etwa achthundert Meter hohen Bergrücken, der sich vom Lech weg westwärts hinzieht mit seinen Wiesen und Gehölzen. Unterhalb davon, zwischen „dem" Fluss und einer weiteren, deutlich niedrigeren Hügelkette plätschert der Höllbach aus dem Wald heraus, kurvenreich, tief eingeschnitten und immer rechts und links von Bäumen und Sträuchern begleitet, bis er kurz vor seiner Mündung in den Kanal durch klotzige Felsbrocken gebändigt, begradigt und beruhigt wird.

Oberhalb der Kanaleinmündung strömt der wilde Lech, ein echter Gebirgsfluss noch, mit Kiesbänken, Nebenläufen, Altwassern und Auenwäldern, da und dort schon bedroht durch Baggerlöcher vom Kiesabbau.

Auf der anderen Seite des Flusstals, hinter der nächsten Hügelkette oberhalb des Flößerdorfes Prem, bei Föhn wie zum Greifen nahe: die Berge. Die erste Kette der Trauchgauer Berge, noch bis zu den Höhen dunkelbewaldet, dahinter aufragend die Gipfel des Ammergebirges und weiter im Westen, nach dem tiefen Einschnitt des Lechdurchbruchs bei Füssen die felsigen Allgäuer Alpen, bis hin zum spitz aufragenden Grünten, auf dem damals schon ein Fernsehturm auszumachen war.

Von einigen Stellen, vor allem wenn man von den wenigen auf halber Höhe des Falchens gebauten Häusern über trockene Wiesen weiter nach oben stieg zur Falchenstraße, die fast am Kamm des Hügels verlief, konnte man hinter den Ammertaler Bergen die Zugspitze sehen, aber gerade noch die Spitze, mehr nicht.

Der zentrale Blickfang vom Balkon oder Fenster aus ist aber die Hochplatte, ein breiter runder Felsrücken mit Ost- und Westgipfel, den kleinere Berge einrahmen: Der Firstberg und die Klammspitze zur Linken und der Geißelstein, die Gumpenkarspitze und der Gabelschrofen zur Rechten. Weiter nach Westen dem Lechtal zu der Tegelberg mit Branderschrofen und – einem liegenden Löwen gleich – der mächtige Säuling.

Gebirgspanorama als Heimat.

Doch nicht nur die Großlandschaft ist eingemeißelt ins Gedächtnis. Bis ins kleinste Detail stellen sich Bilder ein, von einem Waldrand, von einem Baum, einem Bachufer mit Fischgumpen darunter, einer Flussuferstelle, einem Fuchsbau.

Namen dagegen wehren sich gegen das Erinnern.

Barfuß

Der kleine Hans, viele werden ihn zeitlebens Hansi nennen, eroberte sich seine Heimat zunächst mit einem Beil. Das holte er sich aus der Werkstatt, die in der großen Holzhütte neben dem Wohnhaus untergebracht war. In diesem Schuppen, in dem auch das Brennholz und die Wäsen lagerten und ein Verschlag für die Hasen eingerichtet war, gab es sogar einen Dachboden, der mit Baumaterialien und allerlei Gerümpel voll gestellt war und den man über eine hölzerne Innentreppe erreichte.

In der Werkstatt, einem durch Holzwände abgetrennten Raum, befand sich Werkzeug aller Art, wie man es beim Hausbau, bei der Gartenarbeit, beim Wäsenstechen und bei der Holzbearbeitung gebrauchen konnte. Natürlich war das Werkzeug tabu für die beiden Buben im Haus, den Hansi und den zweieinhalb Jahre älteren Richard. Doch irgendwie schaffte es Hansi, sich den kleinen Beichel zu erobern. Begleitet von Ermahnungen und Befürchtungen der Mutter – „Bis no ebbas bassiert!" – wurde das Werkzeug zum wertvollsten Besitz.

Die Kinder liefen barfuß, den ganzen Sommer lang. Es galt die Regel: „In Monaten ohne ‚R' darf man barfuß gehen." Das hieß dann aber auch, dass am Abend vor dem Schlafengehen die Füße wieder gewaschen werden mussten. Dazu gab es eine große Schüssel, die am Außen-Wasserhahn neben der Haustür aufgefüllt wurde. Dazu kam eine Wurzelbürste und, wenn es sein musste, ein Stück Kernseife. Da saßen sie im Sommer fast täglich, die beiden Schütz-Buben, und rubbelten und bürstelten. Der grüne Grassaft ging am schlechtesten weg, aber die Mutter kontrollierte streng. Welches Glück, wenn sie

einmal keine Zeit zu Nachforderungen hatte oder das Füßewaschen auf wundersame Weise gar einmal ganz ausfiel!

Einmal saß der Hansi da, auf der Betontreppe, die zwischen Haus und Hütte nach wenigen Stufen zweigeteilt hinunter zum Garten oder in den Keller führte. Er war fertig mit
dem Füßewaschen und hätte nun das blau karierte Handtuch
zum Trocknen gebraucht. Doch so laut er auch schrie, niemand
hörte ihn.

Der Vater war mit Hansis großem Bruder Richard wohl
noch im Wald. Gegen Abend ging er oft den zweispurigen
Feldweg entlang, der gleich hinter dem Gartenzaun als Fort-
setzung der ungeteerten Zufahrtsstraße in den Wald führte.
Dort gab es brauchbare Dinge zu holen, die man bei Tages-
licht besser nicht nach Hause trug: Brennholz, Stangen für den

Hansi und sein Bruder Richard

Zaun oder für Beeteinfassungen im Garten und einmal im Jahr auch einen Christbaum.

Die Mutter hätte doch eigentlich da sein müssen. Aber sie hörte das Rufen nach dem Handtuch nicht. Mit den Füßen im kalten Wasser wurde aus dem Rufen und Schreien immer mehr ein Weinen, unterbrochen von Momenten, da der Bub lauschte in der Hoffnung, die Mutter herbeieilen zu hören. Irgendwann gab der Hansi auf und schluchzte nur noch leise vor sich hin. Angst breitete sich in ihm aus. Er kam sich vor wie in einem der Märchen, die die Mutter immer als Betthupferl vor dem Schlafengehen vorlas. Vielleicht war etwas passiert? Oder sie hatten ihn allein gelassen, waren weggegangen?

Hansi kam in seinen Tagträumen immer wieder auf den Gedanken, er sei gar nicht seiner Eltern Kind. Irgendwie beschlich ihn immer wieder der Verdacht, er sei hier nur aufgenommen worden, vielleicht ein verstoßener Sohn reicher Eltern, ein Königskind gar? Und jetzt hatten sie ihn hier allein gelassen und das Kind wusste nicht mehr ein noch aus.

Da ging die Haustür auf und die Mutter stand da.

„Ja was isch denn mit dir los? Hoscht ja scho Schwimmhait zwischbe de Zecha! Jetztat abr nix wia woadle nei ins Haus!"

Das Haus am Falchen, Hausnummer 175¼

Im Loch

Wenn der Hansi mit seinem Beil unterwegs war – und das war er am liebsten von früh bis spät –, dann konnte er nicht barfuß sein. Da brauchte er seine Gummistiefel.

Haus und Holzhütte standen nebeneinander an der oberen Grundstücksgrenze, am Hang. Unterhalb einer aus Felsbrocken aufgeschichteten, efeuumrankten Steingartenböschung und des darunter verlaufenden Kieswegs fiel der Garten ab bis zu einer ziemlich ebenen Wiesenterrasse. Die diente, da dort eine Wäscheleine zwischen zwei Holzpfosten gespannt war, in späteren Jahren immer häufiger als Fuß- und Federballplatz. Von dort aus ging es noch steiler in Richtung Höllbach hinunter. Ein gekiester Fußweg schlängelte sich vom Haus den Hang hinunter bis zur Grundstücksgrenze, wo hinter Zaun und Tannenhecke die Garage des reichen Nachbarn, des Fabrikanten Kartmann, stand. Eine Garage hatten Mitte der fünfziger Jahre nur wenige.

In dem Gartenteil westlich vom Haus wuchsen am oberen Gartenzaun bei der Straße Birken und Fichten, an die sich ein Sommerhäuschen schmiegte. Ein relativ ebenes Wiesenstück daneben eignete sich ideal zum Spielen, unter anderem auch für das österliche Eierkugeln. Dabei rollten die gefärbten Eier über zwei parallel zur Böschung liegende Holzlatten. Das Ei, das am weitesten in die Wiese kugelte, machte seinen Besitzer zum Sieger.

Weiter unten waren – wiederum terrassenförmig – ein großer Gemüsegarten angelegt und mehrere Reihen Beerensträucher gepflanzt. Überall im Garten standen Obstbäume, auf denen Äpfel, Pflaumen und Griecherle wuchsen. Letztere sind eine Art kleiner Zwetschgen, die in den meisten Jahren recht sauer blieben, aber zu einer ganz passablen Marmelade verarbeitet werden konnten.

Am südwestlichen Ende des Gartens hörte der Zaun auf. Hier brauchte es keine künstliche Begrenzung mehr, denn es tat sich ein tiefer Graben auf, der sich zu einem kleinen Seitental des Höllbachs weitete und „Loch" genannt wurde. Die steilen Böschungen waren mit Laubgehölzen dicht bewachsen und nur der oberste Einschnitt, dort wo der Gartenzaun unterhalb der Johannis- und Stachelbeeren endete, konnte noch genutzt werden als eine Art Kompost- und Müllplatz.

„I gang ins Loch!" Das war die tägliche Abmeldung von der Mutter, solange das Wetter mitspielte. Gummistiefel an, das Beil aus der Hütte geholt und ab ging's in den „Urwald". Vom Garten aus hatte sich der Hansi einen Pfad durch das Gehölz im Loch frei geschlagen, zunächst den steilen Hang schräg hinab, bis zum Rinnsal am Grund, dann stets dem Wasser folgend bis zur Mündung ins Höllbächle. Mit der Zeit wurde der Dschungelpfad immer mehr verlängert und verlief bald schon höllbachaufwärts bis dorthin, wo das Audickicht ein gutes Stück vom heimischen Garten entfernt allmählich in den großen Wald überging.

Der freigeholzte Pfad musste immer wieder nachgebessert werden. Da und dort bekam er eine Abzweigung, zum Beispiel um auf der dem Bach gegenüberliegenden Seite ganz nahe, aber ungesehen, an den Fußweg nach Helmenstein heranzukommen oder um an der Falchenseite von einem Feldweg aus die Bauern bei der Feldarbeit beobachten zu können.

Der Goresse

Die meisten Wiesen bewirtschaftete am Falchen der „Goresse", der seinen Bauernhof schräg gegenüber vom Postamt hatte, genau dort, wo der Falchenweg im Dorf anfing und wo im gegenüberliegenden Lebensmittelgeschäft die Mutter normalerweise ihre Einkäufe erledigte.

Der Laden gehörte Katharina Schütz, einer Schwägerin von Hansis Großvater, und ihr Mann, Josef Schütz, hatte eine Besonderheit zu bieten, die in diesem Ausmaße wohl kaum ein zweites Mal vorkommen dürfte. Zwar galt im Allgäu der damaligen Zeit ein Kropf nicht gerade als selten, doch der „Onkel Josef" gerufene Mann, eigentlich mein Großonkel, hatte einen so großen, in praller Rundung unter dem Kinn vorquellenden Riesenkropf, dass die Kinder immer wieder auf diese seltsame Körperwucherung hinstarren mussten. Beim Onkel Josef waren die obersten Hemdknöpfe funktionslos, da der Kropf einen erheblichen Teil des Oberkörpers bedeckte. Immer wieder suchte der kleine Hansi nach den ersten Anzeichen, die ankündigten, was bei so einem Allgäuer Spezialabzeichen wohl früher oder später unumgänglich sein musste: Irgendwann, da war sich der Bub ganz sicher, würde dieses Ding da am Halse mit einem lauten Knall platzen und der Onkel Josef elend verbluten. Doch nichts dergleichen geschah, sondern der Josef Schütz qualmte seine lange gebogene Pfeife wie eh und je und ging seinem Geschäft nach.

Und das bestand im Schneckensammeln. Dazu hatte er einen Metallring, mit dem er messen konnte, ob die Weinbergschnecken die vorgeschriebene Mindestgröße hatten, und einen braunen Rupfensack, in dem die Tiere landeten, die die

Ringprüfung, allerdings zu ihrem Schaden, bestanden hatten. Mit hohen Lederstiefeln konnte man den stets Pfeife rauchenden Onkel Josef oft an den Waldrändern des Falchengebietes auf seinen Beutezügen sehen. Der meist recht gut gefüllte Sack ließ vermuten, dass die Schneckenjagd durchaus erfolgreich verlief. Nur wohin die Schnecken geliefert wurden, wussten die Kinder nicht. Aber die Schütz-Buben verzogen ohnehin das Gesicht und schüttelten sich vor Ekel, wenn sie sich vorstellten, dass diese Schnecken, vor allem in Frankreich, wie der Vater zu berichten wusste, angeblich als Delikatesse verzehrt wurden.

Der Bauer Goresse zog die Falchen-Buben auf eine andere Art in seinen Bann. Zunächst einmal begegneten sie ihm während mehr als einer Hälfte des Jahres recht regelmäßig, wenn er seine Kühe, die auf den Wiesen am Falchen weideten, am Morgen aus- und am Abend wieder eintrieb. Das ging nie ohne lautes Rufen, Schreien und Kommandieren vonstatten. Schon von weitem hörte man immer wieder sein vertrautes „Hoh! Hoh! Hohohoho!", das an manchen Stellen von einem Echo beantwortet wurde und dadurch fast wie ein Kanon klang.

Sowohl er selber als auch seine Frau und die schon größeren Töchter hatten nichts dagegen, wenn beim Heuen die Kinder zum Helfen kamen. Die standen zwar sicher mehr im Weg herum, als dass sie eine wirkliche Hilfe gewesen wären, aber beim Goresse hatte man Kinder einfach gern und das spürten diese auch.

Besonders gefielen ihnen die damals üblichen Hoanzen und Schwedenreiter, auf denen das frisch gemähte Gras zum Trocknen aufgehängt wurde. „Hoanzen" hießen Holzpfähle mit zwei bis drei Querverstrebungen, als „Schwedenreiter" bezeichnete man Pfahlreihen, zwischen denen Drähte gespannt wurden. Hier konnte man dann tagelang wunderbar „Fangerles" und „Versteckus" spielen, wozu neben den Kartmann-Kindern auch die Töchter des oberen Nachbarn Beringer hinzukamen. Wenn das Heu trocken war und der Goresse mit dem „Bulldog" und dem großen Heuwagen hintendran angefahren kam, dann half man nicht nur beim Aufladen, sondern durfte hoch oben auf dem fertigen Fuhrwerk noch bis halb ins Dorf hinunter mitfahren.

Beliebt war auch ein Abstecher in den Kuhstall des Bauern. Wenn die Mutter am späten Nachmittag nach dem Eintreiben bei der Kathi noch etwas einzukaufen hatte, war der Hansi schon deswegen mit dabei, weil er bei der Gelegenheit dem Goresse einen Besuch abstatten konnte. Der saß um diese Tageszeit auf einem Schemel neben einer seiner Kühe und ließ die frische Milch durch geschicktes Ziehen an den Euterzitzen in einen Milchkübel spritzen. Kam aber der Hansi während des Melkens in den Kuhstall, dann konnte der sicher sein, dass der Goresse mit einer der Zitzen nicht in den Kübel, sondern auf den Besucher zielen würde. Mit lautem, dröhnendem Lachen spritzte er dem Buben so die warme Kuhmilch ins Gesicht.

Auch zu anderen Zeiten musste man beim Goresse immer mit einem Spaß rechnen: Zum Beispiel, wenn Besuch gekommen war und einen der Vater schnell mit dem Rucksack zum Gasthof Drei Rosen geschickt hatte, um ein paar Flaschen Bier und Limo für die Bewirtung der Gäste zu holen. Denn der Gasthof war im Vorderhaus des Goresse'schen Anwesens untergebracht und wurde von ihm selbst und seinen Schwestern bewirtschaftet. Wenn der Goresse den Hansi sah, kam er aus dem Stall, der Tenne oder dem Garten gelaufen, um ihm nachzurufen: „Schütz, Schütz, heb's Hemad hoach und schbritz!"

Im Urwald

Dort wo höllbachaufwärts der hohe Wald begann, gab es auf der anderen Bachseite einen großen Fuchsbau. Wenn Hansi im Frühjahr ganz leise den Bachhang hinaufschlich, konnte er mit ein bisschen Glück die jungen Füchse vor den Eingangslöchern in den Bau beim Spielen und Herumtoben beobachten.

Auf der anderen Bachseite, am Falchensüdhang fand man im Frühjahr so viele Schusternägele und Enziane, dass einige Wiesen ganz blau leuchteten. Andere Wiesen am Waldrand, mehr dem Steilhang zu, waren rosa und rot von Primeln oder – später im Jahr – gelb vor lauter Trollblumen und dazwischen fanden sich die verschiedensten Arten von heimischen Orchideen.

Die Arbeit an den Schleichpfaden durchs Gehölz ging nicht ohne Schrammen und Risse ab. Denn es gab im Loch und am Bach entlang Brombeerranken und Heckenrosen, Weißdorn, Sanddorn und Berberitzen. Aber das nahm der Hansi klaglos in Kauf.

Hier war er allein in seiner Welt. Keiner konnte ihn sehen in seinem Urwald und er sah doch so viel: Die Fische im Bach, die Vögel in den Bäumen und so manches Frosch- und Schlangengetier. Interessant fand er die Blindschleichen, von denen es im Garten neben den Eidechsen im Steingarten wohl am meisten gab. Im Frühjahr, wenn am Morgen noch Reif auf dem Gras lag, waren sie steif und unbeweglich, mit zunehmender Wärme aber wurden sie agil und schlangenähnlicher.

Vom Großvater hatte der Bub auch gelernt, wie man jenes Tier sichtbar machen konnte, das im Sommer, vor allem ab dem späten Nachmittag bis weit in den Abend hinein überall zu hören, aber nirgends zu sehen war. Das waren die Grillen, die an sonnigen Prallhängen ihre Löcher im Boden hatten, so auch an den kleinen Böschungen des „Fußwegles", das durch den Garten führte. Wenn man mit einem Grashalm in eines dieser Löcher hineinbohrte, dann kam der Bewohner meist ziemlich schnell rückwärts aus seiner Behausung heraus – ein lustiges Spiel, das man oft wiederholen konnte.

Ein Rest an Unheimlichkeit blieb aber auch im so vertrauten Lochpfad: Geräusche, die nicht zuzuordnen waren, Gedanken an Schlangen oder sonstige gefährliche Tiere. Plötzlich sprang mitunter ein Untier aus einem dichten Busch, sodass der Hansi vor Schreck sein Beil fallen ließ. Doch es war nur Schnurri, die Katze, die sich immer wieder einen Spaß daraus machte, den Hansi auf seinen Urwalderkundungen zu begleiten.

Natürlich gehörte auch ein Taschenmesser zur Urwaldexpeditionsausrüstung. Damit ließen sich die jungen, ganz gerade wachsenden Haselnussstecken abschneiden und mittels einer Spitze an einem Ende in Speere verwandeln. Besonders viel Zeit nahm der Bub sich dann, um durch das geschickte Abschälen der Rinde Muster in die Stecken zu schnitzen. Er gravierte Ringe, Spiralen, Mäander, Längsfelder, Wellenlinien und, als er etwas älter war, auch den eigenen Namen ein. So wurde jeder Speer zu einem besonderen Einzelstück.

Auch Pfeil und Bogen stellte der Hansi schon bald selber her, nachdem er von seinem Vater und dem älteren Bruder Richard abgeschaut hatte, wie man es machte: Er schnitt eine passende Hasel- oder Weidenrute bei einer Astgabelung ab und bog sie so, dass er ein Stück dünne Schnur, in die an beiden Enden Schlingen geknüpft worden waren, als Bogensehne einhängen konnte. Dünnere Ruten wurden vorne zugespitzt und hinten eingekerbt und somit zu Pfeilen verarbeitet. In späteren Jahren lernte der Hansi dann noch, dass die Pfeile viel besser flogen, wenn man vorne, gleich hinter der Spitze ein wenige Zentimeter langes Stück Holunderstengel draufsteckte. Das war wegen dem weichen Innenmark dieses Holzes nicht schwierig, aber doch sehr haltbar.

Diese Technik verdankte der Urwaldforscher seinem Großvater, der mit solchen Pfeilen mitunter auf Vögel schoss, insbesondere auf die räuberischen Gimpel, wenn diese sich über das Obst im Garten hermachen wollten. Zunächst hatte der Opa ja ein Luftgewehr für diesen Zweck verwendet. Aber das traute er sich nicht mehr, weil er sonst mit den mehrmals vom Nachbarn, dem Fabrikanten und Freizeitjäger Kartmann, angedrohten Konsequenzen juristischer Art hätte rechnen müssen.

Das Gewehr kam nur noch einmal zum Einsatz, als sich unter dem Schuppen neben dem Haus Ratten angesiedelt hatten. Diese Nagetiere aber waren so schlau, dass sie nach den ersten Treffern sich nur noch dann sehen ließen, wenn kein Gewehr im Spiel war. So musste letztlich doch ein grünlich schimmerndes Rattengift den ungeliebten Gästen unter der Hütte ein Ende bereiten. Das Gewehr hat der Hansi danach niemals mehr gesehen, auch wenn er manchmal durchaus davon träumte, so eine Waffe zu besitzen und damit durch seine Urwaldwelt zu streifen.

Ausflüge

Die Abgeschiedenheit am Falchenhang wurde nur selten durch Besuche unterbrochen. Manchmal kam die alleinstehende Großmutter mütterlicherseits, Martina Suiter, deren Ehemann im Russlandfeldzug gefallen war. Die „Urmi" genannte Oma hatte außer der Else noch eine weitere, wesentlich jüngere Tochter, die Tante Ingrid, die 1942 als so genanntes Fronturlaubskind geboren wurde. Sie kam hin und wieder mit zum Falchen.

Vor der Käsküche Straß am Auerberg:
Else Schütz mit Schwiegereltern

Regelmäßig ein- bis zweimal in der Woche fuhren aber der Schütz-Opa und die Schütz-Oma mit ihrem grünen VW Käfer vor. Sie sahen nach den Gemüsebeeten und den Obstbäumen, pflegten ihren Garten und ernteten und hatten daher immer geschäftig viel zu tun.

Deshalb ergab sich nur ganz selten die Gelegenheit zu einem Ausflug mit dem Auto. Wochen vorher wurde dann schon herumdiskutiert, ob und wenn ja, wohin man denn so einen Ausflug machen sollte. Mehr als einmal glaubte nicht nur der Hansi, dass so eine Ausflugsfahrt endlich beschlossene Sache sei. Und so wartete er an manchem Samstag oder Sonntag lange Zeit umsonst, lauschte sehnsüchtig jedem fernen Motorengeräusch nach, um dann enttäuscht festzustellen, dass es erneut nichts wurde mit der Fahrt ins Blaue.

Einmal klappte es dann doch mit der ganz großen Ausflugsfahrt. Der Käfer war voll besetzt, vorne Oma und Opa, auf dem Rücksitz die Eltern und hinter der Rückbank im so genannten „Neschtle" hockten die beiden Buben. Von diesem engen, aber auch gemütlichen Platz aus konnten die Kinder ausgiebig durch das zweigeteilte Rückfenster des VW die Landschaft betrachten oder auch „Autos zählen". Bei diesem Spiel wurden Automarken oder Autofarben für jeden Spieler festgelegt und wer am Ende mehr hatte zählen können, der war Sieger.

Die Fahrt führte über Füssen, Kempten und Isny bis nach Lindau, wo man am Hafen den Leuchtturm und den beinahe ebenso großen bayerischen Löwen bestaunte. Erst spät abends kamen die Ausflügler bei Dunkelheit wieder in Lechbruck an. Die Kinder waren schon lange in ihrem Neschtle eingeschlafen.

Gelegentlich wurde die Familie mit dem Auto zu Verwandtenbesuchen mitgenommen. So lernte der Hansi flüchtig auch die Brüder des Großvaters und deren Familien kennen, die in Buchloe, Epfach am Lech und in Raisting lebten. Etwas häufiger fuhren die Großeltern nach Apfeldorf, das nördlich von

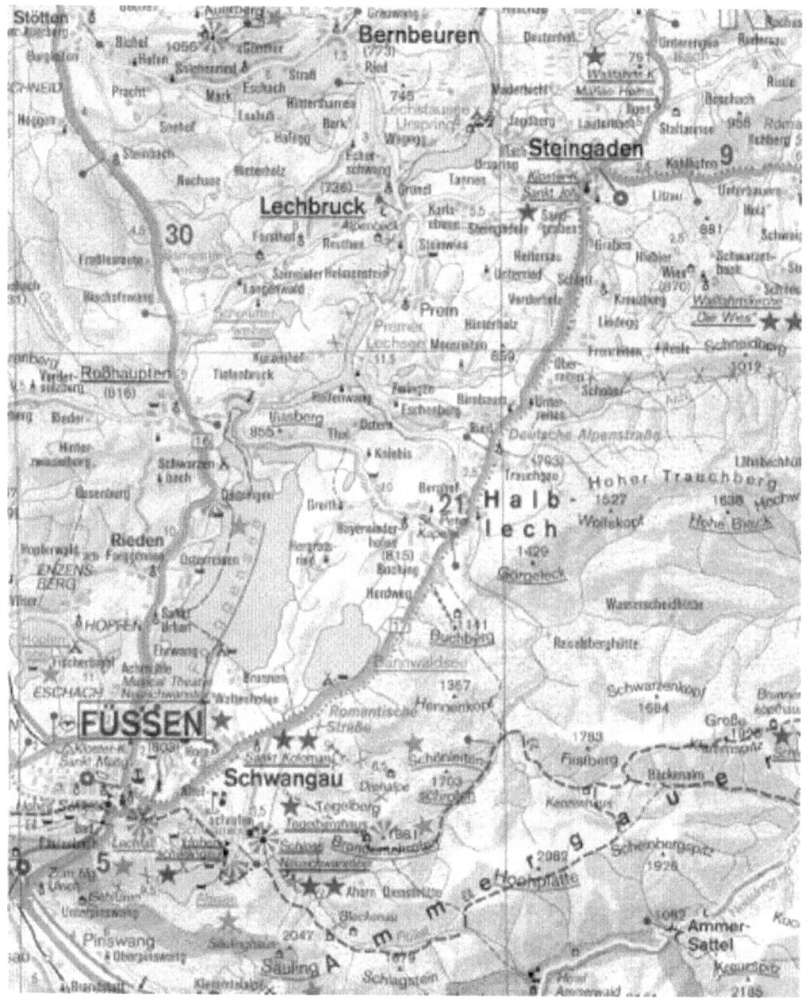

Schongau am rechten Lechufer liegt, weil dort drei Schwestern der Schütz-Oma, die Hildegard, die Klara und die Marie, in einem kleinen Austragshäuschen hinterhalb des ehemaligen Dorfladens hausten. Manchmal fuhren sie auch nach Peiting und Hohenpeißenberg, wo weitere Halbschwestern verheiratet waren.

Einmal durften die Buben sogar mit zum Peitinger Bergfest, das der Bergwerksort mit einem großen Festumzug, mit

Bierzelt und darum herum vielen Los-, Schieß- und Wurfbuden besonders aufwändig feierte. Damals wurde am Ortsrand von Peiting und im Nachbarort Peißenberg noch die oberbayerische Pechkohle gefördert.

Die Großeltern kamen zwar wöchentlich zum Falchen, der Hansi aber nur ganz selten zu ihnen in die Käserei an der Straß am Auerberg bei Bernbeuren. Einmal im Jahr war ein Besuch aber ein regelrechtes Muss und zwar zum Fest des heiligen Georg. Auf der Kuppe des 1055 Meter hohen Auerberges, dem so genannten Schwäbischen Rigi, wo sich schon zu Römerzeiten eine durch Ausgrabungen belegte Militärsiedlung befand, steht heute eine dem heiligen Georg gewidmete Kirche. Zur Ehre und Erinnerung an den Heiligen, dessen Festtag am 23. April im Heiligenkalender verzeichnet ist, wird seit jeher am nächstliegenden Sonntag der Georgiritt durchgeführt. Aus Bernbeuren, dem am westlichen Abhang gelegenen Stötten und den zahlreichen zu diesen Gemeinden gehörenden Weilern ziehen dann die Bauern mit ihren festlich geschmückten Pferden zur Auerbergkirche, wo sie nach einem Ritt um die Kirche den Segen des Pfarrers empfangen. Höhepunkt des Georgiritts ist der Auftritt von Reitern, die wie römische Soldaten gekleidet sind und angeführt werden von ihrem Hauptmann Georg in einer silbernen Rüstung.

Als der Hansi noch klein war, wurde die Familie von den Großeltern zum Georgiritt mit dem Auto abgeholt. Später wanderte sie den mehrere Kilometer langen Weg zu Fuß: vom Falchen nach Lechbruck hinunter, über den Ortsteil Brandach und die Gsteig hinüber nach Echerschwang, von wo aus man den Anstieg zum Auerberg über den Weiler Bürstenstiel in Angriff nahm. Auf halber Höhe kam man schließlich bei den Großeltern in der Käsküche vorbei. Von hier konnte man dann entweder über den Sennhof und den Helmerhof von Süden oder über die Route am Honeleshof vorbei von Osten her zum Auerberggipfel aufsteigen.

Das Spektakel des Umritts, die Feldmesse, aber auch die Buden mit allerlei Süßigkeiten und Andenken stellten für den Hansi einen Höhepunkt im Jahresablauf dar.

Jedes Mal nahm er die Gelegenheit wahr, die steile Treppe im Turm der Auerbergkirche hinaufzulaufen. Oberhalb des Glockenstuhls konnte man nämlich durch ein Turmfenster auf eine Plattform zwischen Turm und Kirchendach hinaussteigen. Ganz vor an das Eisengeländer traute sich der Hansi nicht sogleich und auch nicht allzu lange, zumal breite Bretterritzen einen senkrechten Blick in die Tiefe eröffneten. Aber wenn er mit dem Rücken an die Turmwand lehnte, hatte er von da oben eine phantastische Aussicht auf das Allgäuer und das Oberländer Voralpenland und natürlich auch weit hinein nach Süden auf die Alpenkette. War die Sicht besonders gut, konnte man sogar weit im Nordosten, hinter den glitzernden Wasserflächen des Ammer- und des Starnberger Sees die Landeshauptstadt erkennen.

Die Kirche St. Georg auf dem Auerberg

Im Kindergarten

Mit dem Kindergartenbesuch weitete sich die Welt. Haus, Garten, Bach und Wald wurden ergänzt durch das Dorf und den Weg dorthin und wieder zurück. Dabei gab es nicht nur einen Weg, sondern viele verschiedene und jeder musste erst einmal entdeckt, ausgekundschaftet und begangen werden. Wie ein Forscher auf dem Weg in einen unbekannten Kontinent, in eine terra incognita, erweiterte der Hansi seine dörfliche Welt.

Dabei wurde der Hinweg zum Kindergarten schnell uninteressant: In der Regel setzte die Mutter den Buben auf den Gepäckträger ihres Radls, rief: „D'Füaß nausstrecka und gscheid feschthalta!", und schon ging es auf dem Kiesweg zunächst einige hundert Meter leicht bergan, ab der Wasserreserve aber dann in hohem Tempo bergab Richtung Dorf. Der Weg bog kurz nach der Reserve in die Falchenstraße ein und führte immer weiter bergab bis hinein ins Obere Dorf. Beim Bäcker Müller, neben dem Goresse gelegen, gab es manchmal eine Breze oder eine Semmel, die in das umgehängte Kindergartentäschlein gesteckt wurde. Leider kam es aber viel zu selten vor, dass der Hansi in den Genuss einer solchen Leckerei kam. Fast immer wurde die Brotzeit schon zuhause eingepackt und dann bestand sie aus zwei Brotscheiben mit etwas Butter und der immer gleichen selbst gemachten Johannisbeer- oder Zwetschgenmarmelade dazwischen.

Beim Postamt überquerte man die Hauptstraße nach Roßhaupten und nahm auf der anderen Straßenseite den schmalen Fußweg, der auch zum Dorfarzt Dr. Eger führte. Dann ging es wiederum auf einem Pfad noch einmal steil hinab und über das Bahngleis, wobei der Bahnhof und die Bahnhofsrestauration links liegen blieben. So flitzten Mutter und Hansi an der Lechhalle vorbei bis zum Kindergarten hinunter.

Im Kindergarten bei den katholischen Schwestern und vor allem auf dem großen Gelände um den Kindergarten herum gefiel es dem Hansi recht gut, konnte man sich doch dort zusammen mit den anderen Kindern so richtig austoben. Bald gelang es auch, den einen oder anderen Buben dazu zu überreden, den Kindergarten durch ein Gartentürchen auf der Rückseite zu verlassen. Ein Fußweg führte von dort durch einen fichtenbewachsenen Hang steil hinauf auf den Kirchhügel mit dem Friedhof.

Auf dem Friedhof

Und der Friedhof war noch wesentlich interessanter als der Kindergarten. Hohe, geradlinig zugeschnittene Thujahecken trennten die Grabreihen voneinander ab und so konnte man dort besonders gut Versteckerles spielen, zumal die Hecken oft natürliche Hohlräume enthielten, in denen man, sofern man es lang genug so still und leise aushielt, nur sehr schwer zu finden war.

Ganz geheuer war es den Ausreißern aus dem Kindergarten da oben aber doch nicht. Denn natürlich wusste der Hansi genau, dass das Weglaufen aus dem Kindergarten verboten war, und dann war da noch das Unheimliche mit den Gräbern und dem Leichenhaus. Alte Grabstellen waren nicht so bedrohlich, aber frische Gräber, die noch mit Kränzen und Blumengebinden geschmückt waren, und in noch viel größerem Maße das Leichenhaus, in dem die Verstorbenen bis zu ihrer Bestattung aufgebahrt wurden. Angst und schlechtes Gewissen ließen die Ausreißer meist einen geziemenden Abstand zu frischen Gräbern und dem Leichenhaus einhalten. Doch andererseits lockte das Leichenhaus auch. So sprach man sich gegenseitig Mut zu.

„Komm mit, schauget mer schnell amol nei. Es flackt a Doater dinna!"

Schon drückten die Buben ihre Nasen an der Glastüre platt, um einen Blick auf einen aufgebahrten Verstorbenen zu werfen: Rechts und links brennende Kerzen, ein paar Kränze mit Schleifen und in der Mitte der offene Sarg. Mehr als das Gesicht der Leiche war nicht zu sehen, ein weißes, eingefallenes Gesicht mit geschlossenen Augen, wie aus Wachs gearbeitet. Und doch ging von diesem Ort etwas Unheimliches, Beängstigendes aus. Lange verweilten die Kinder nicht an der Glastür und wenn sie Schritte hörten auf den Kieswegen im Friedhof, war das ein willkommener Anlass schnell davon zu springen, hinter die nächste Hecke und so hurtig wie möglich weiter, hinaus aus dem Friedhof und atemlos den Hang hinunter zurück in den Kindergarten.

Manchmal träumte der Hansi auch vom Leichenhaus. Dann wachte er mitten in der Nacht auf und brauchte eine Zeitlang, um sich im Dunkeln zu vergewissern, dass er daheim in seinem vertrauten Bett lag. Er horchte hinüber auf die andere Seite des kleinen Zimmers, wo er seinen großen Bruder atmen hörte. Dann drückte er sein Ohr ganz fest an die Wand. Hier war früher eine Türe zum Schlafzimmer der Eltern gewesen. Der hölzerne Türstock war noch sichtbar, aber die Türöffnung verschloss eine dicke Sperrholzplatte, sodass das Kinderzimmer nur vom Hausgang aus zu betreten war. Wenn der Hansi dann auch noch die nächtlichen Schnarchgeräusche aus dem Nachbarzimmer hörte, konnte er sich wieder beruhigt hineinkuscheln ins warme Bett und weiterschlafen.

Ein nachhaltiges Erlebnis im Friedhof sollte sogar in späteren Jahren noch zu Alpträumen führen.

Da war der Schütz Hansi schon ein Schulbub und ging immer zu den Maiandachten, die im Mai fast an jedem Abend stattfanden. Nach der Andacht trieben sich die Schulkinder oft noch eine ganze Zeitlang um die Kirche und im Friedhof herum, manchmal bis es dämmrig wurde. Sie ratschten, lachten, spielten Fangerles oder fingen die zahlreich vorkommenden Maikäfer ein.

Einmal hatte sich der Hansi so verspätet, dass es tatsächlich schon richtig dunkel geworden war. Jetzt galt es aber schnell nach Hause zu laufen, zumal der Weg ja noch ganz schön weit war. Mit einer halben Stunde war da schon zu rechnen – und auch mit Vorhaltungen und Geschimpfe zuhause.

Der kürzeste Weg führte durch den Friedhof.

Als der Bub um eine Thujaheckenecke bog, blieb er vor Schreck wie angewurzelt stehen. Neben einem frisch aufgeschütteten Grabhügel, der über und über mit Kränzen und Blumen bedeckt war, saß auf einem kleinen Schemel ein altes Weiblein. Ganz in schwarz gekleidet, betete die alte Frau mit ihrem Rosenkranz zwischen den bleichen knochigen Fingern. Die ganze Person bestand eigentlich nur aus Haut und Knochen. Tief liegende Augen und hervorstehende Wangen verliehen dem fahlen Gesicht eher das Aussehen einer Toten und verstärkt wurde die düstere Szene noch durch das flackernde Licht einer großen weißen Kerze auf dem Grab.

Es dauerte eine Weile, ehe der Schrecken und die aufkeimende Angst es dem erstarrten Hansi erlaubten wegzurennen und, so schnell ihn die kleinen Füße trugen, durch den Friedhof, zum schmiedeeisernen Tor hinaus und den Hang zum Bahnhof hinunterzusausen. Erst langsam beruhigte sich das rasende Herzklopfen auf dem weiteren Heimweg und noch lange sollte er vor allem bei Dunkelheit den Friedhof meiden, zumal er sich nie so ganz sicher war, ob denn das Wesen auf dem Schemel überhaupt von dieser Welt stammte. In der Folgezeit beschäftigte ihn die Friedhofsszene intensiv vor dem Einschlafen und manchmal auch im Traum.

Alpträume

Angst vor dem Schlafen oder vor Alpträumen kam immer wieder einmal vor. Vielleicht lag es an den Märchen und Geschichten, die die Mutter so oft vorlas, und später, als man sich Anfang der sechziger Jahre den ersten Fernseher leisten konnte, sicher auch an der einen oder anderen Fernsehsendung.

Da gab es eine Gruselserie von Alfred Hitchcock, die immer wieder damit begann, dass eine dunkle Gestalt eine Treppe hinaufschlich und dann in ein Zimmer eindrang. Beklemmende Musik untermalte die ganze Szene und gestaltete sie noch unheimlicher. Diese Szene träumte der Hansi immer wieder. Ja selbst viele Jahre später, als er schon erwachsen war, konnte es noch vorkommen, dass er im Traum den Meister Hitchcock vor sich sah, wie er den Zeigefinger warnend als Zeichen zum Leisesein vor die Lippen hob, um sich dann umzudrehen und den Blick freizugeben auf die unheimliche Treppe mit der hinaufschleichenden schwarzen Gestalt.

Andere Träume waren lustig. Von der Fernsehserie „Am Fuß der Blauen Berge" beeinflusst war der Hansi im Traum oft ein Held, der mit dem Colt in der Hand und auf dem Rücken eines schwarzen Hengstes für Gerechtigkeit im Wilden Westen sorgte. Einmal wachte er auf, weil ihn die Mutter wach rüttelte. Da lag er nicht im Bett, sondern saß auf dem danebenstehenden Nachtkästlein und rief immer wieder laut: „D'r Jesse braucht koan Revolvar ite!" Zum Glück hatte ihn die Mutter im Nebenzimmer gehört, war über Küche und Gang ins Kinderzimmer gelaufen und hatte den in eine Traumschlägerei verwickelten Helden vom Wilden Westen zurück ins heimische Allgäu geschüttelt.

Heimwege

Anfangs holte die Mutter den Hansi mittags am Kindergarten ab. Wo es nicht gar zu steil herging, durfte er wieder auf den Gepäckträger des Radls, das die Mutter auf dem Heimweg schieben musste. Nur das letzte kurze Stück von der Wasserreserve bis zum Haus konnte sie fahren. Später wurde er zwar noch morgens zum Kindergarten gebracht, heimzu konnte er aber die Freiheit des weiten Weges genießen.

Der Heimweg wurde täglich zur Entdeckungstour. Wieso sollte er auch den kürzesten Weg nach Hause nehmen? Der war ihm schließlich längst bekannt und es gab kaum einmal etwas Neues zu sehen. So wurden dann die Heimwege immer länger und ausgedehnter.

Zunächst einmal galt es die Häuser zwischen Kindergarten und Metzgerhalde zu begutachten. Da und dort stand auch noch ein Brunnen vor dem Haus, wo man seinen Durst löschen konnte. Es gab den Eisenhändler, dessen Laden bis zum letzten Platz mit allerlei Waren zugestellt war. Dort waren selbst an der Decke Schienen und Haken angebracht, an denen eiserne Schüsseln, Gießkannen, Werkzeug, Besen und Bürsten hingen. Noch interessanter war der Schmied am Fuße des Metzgerberges. Dort blieb der Kindergartler besonders gerne stehen, schaute dem Handwerker und seinen Gesellen zu, wie sie ein Pferd beschlugen oder ein glutrotes Eisenteil bogen, betrachtete fasziniert das Farbenspiel des Feuers in der Esse und sog die seltsame Geruchsmischung aus verbranntem Horn und Ruß und Rauch in seine Nase.

Wäre der Hansi von dort den Metzgerberg hinaufgegangen an der großen Metzgerwirtschaft vorbei, dann hätte er oben beim Postamt links in den Falchenweg einbiegen können. Doch schon bald dehnte er seinen Heimweg lieber unten aus, am Lech entlang.

Das grüne Lechwasser rauschte unter der Lechbrücke, die hinüber zum Premer Ortsteil Gründl führte, schoss um einige aus dem Wasser ragende Felsen herum, um dann mit viel Gischt über einige quer liegende Felsbänder hinweg sich in dem nun etwas breiteren Flussbett wieder zu beruhigen. Manchmal konnte man hier einem Fischer zusehen, der mit hüfthohen Gummistiefeln im Wasser stehend dem Flößerdenkmal oben auf der Brücke gar nicht so unähnlich war. An einer Stelle sprangen im Sommer die mutigsten unter den großen Buben von

Das Flößerdenkmal auf der Lechbrücke

der Brücke aus in den Fluss, wobei man die einzige geeignete Stelle schon genau wissen musste.

Wenn der Lech wenig Wasser führte, sah man einige Meter unterhalb der jetzigen Brücke Pfosten aus dem Wasser ragen. Von Erzählungen der Erwachsenen her wusste der Hansi, dass hier nach dem Krieg eine Behelfsbrücke errichtet worden war, da man in den letzten Kriegstagen kurz vor dem Eintreffen der Amerikaner die Brücke schnell noch gesprengt hatte.

Mit Schaudern dachte er dabei an die Geschichte des damaligen Bürgermeisters, des Schneider Dodl, der von den Besatzungssoldaten für die Sprengung verantwortlich gemacht worden war und standrechtlich erschossen werden sollte. Irgendwie musste aber ein Dorfbewohner ein wenig des Englischen mächtig gewesen sein und das rettete dem Verhafteten wohl das Leben. Denn so konnte man dem zuständigen Besatzungsoffizier klar machen, dass keiner aus dem Dorf, sondern ein versprengter SS-Trupp auf dem Weg in die geplante Alpenfestung die Brückenzerstörung veranlasst hatte.

Oberhalb der Brücke teilte sich flussaufwärts das Wasser. Der alte Lech kam in einem weiten Bogen vom Nachbardorf Prem her geflossen, hatte aber meist nur noch wenig Wasser. Von rechts, den ursprünglichen Flussbogen abschneidend, brachte der Kanal den größeren Teil des Wassers mit sich.

Wenn der Hansi hier zwischen der Druckerei Kiderle und dem gegenüberliegenden Bauernhof, dem Zuckerhansl, in die Helmensteiner Straße einbog und am Metzger Härtle und etwas später an der Werkstatt des Fuhrunternehmers Notz vorbeilief, dann kam er zum E-Werk, unter dem das Kanalwasser sprudelnd und gurgelnd hervorschoss. Von hier ging er an den Fabrikanlagen des Spinnerei- und Webereifabrikanten Kartmann entlang und kam schließlich unterhalb des Falchens an. Dort musste er nur noch die Helmensteiner Straße, die weiterhin den Kanal begleitete, verlassen, den schmäleren Fußweg hinauf zum Falchen einschlagen und kurz vor dem Höllbächlesteg wiederum den rechts abzweigenden Weg nehmen. So kam er nach einem steilen Anstieg am eigenen Garten an.

Man konnte aber auch gleich bei der Druckerei Kiderle rechts abbiegen und beim Busunternehmen Leitner vorbei Richtung Gaststätte Morgenstern gehen. Von da an verlief ein ebenfalls sehr interessanter Weg am so genannten „Langen Elend" vorbei. Das war ein schmales, aber sehr langes Gebäude mit den ehemaligen Betriebswohnungen des Karbidwerks der Wackerwerke. Auf diese Weise kam man dann zum Schuster Noggele, dessen Werkstatttüre immer offen stand.

Dem Schuster konnte man nicht nur bei seiner interessanten Tätigkeit, vor allem Schuhreparaturen, zusehen, sondern der ließ einen auch selber an den Arbeitstisch und seine Geräte. So durfte der Hansi zum Beispiel immer wieder kleine Holznägel mit einem Schusterhammer in Lederflecken schlagen oder an den Rädern einer Hilfsmaschine drehen, mit welcher der stets freundliche Schuster die in kleineren und größeren Haufen

Lechbruck

37

herumliegenden Schuhe zum Bearbeiten einspannen konnte. Darüber hinaus bekam man fast immer ein „Guatsle" geschenkt, wenn man die kleine nach Leder, Fetten und Kleber riechende Werkstatt wieder verließ, um bald danach beim E-Werk wieder in die größere Helmensteiner Straße einzubiegen.

„Heit hau i 'n untere Weg g'nomme!" So lautete die Erklärung für die beträchtliche Verspätung gegenüber der besorgten Mutter. Die hatte es bald aufgegeben, den Hansi regelmäßig nach dem Kindergarten abzuholen. Denn zu oft hatte der eine kleine Verspätung der Mutter ausgenutzt und war wieder einmal unauffindbar auf Entdeckungstour verschwunden.

Doch bald war auch der untere Weg mit seinen Nebenpfaden erforscht und so wurde fast täglich ein weiterer Umweg ausprobiert. Zum Glück gab es im Ortsbereich von Lechbruck eine ganze Reihe von möglichen Verbindungen zwischen der unten an Fluss und Kanal entlangführenden Helmensteiner Straße und dem oben auf dem Falchen verlaufenden Weg.

Im zweiten Kindergartenjahr verlagerte der Hansi seine Streifzüge. Es konnte durchaus vorkommen, dass er den Kindergarten nicht durch das Gartentor zum Oberen Dorf hin verließ, sondern zunächst einmal in die entgegengesetzte Richtung ins Untere Dorf lief. Dort konnte man beim Sattler Lang und an der Schule vorbei über den Sportplatz direkt zum Lech kommen. Eine andere Möglichkeit bestand darin, den Kirchberg dorfabwärts zu umgehen, wobei man bald auf den Gruberbach stieß, dem man dann flussaufwärts um Kirche und Friedhof herum an der Grubmühle vorbei bis zum Bahnhof folgen konnte.

Später, zu Grundschulzeiten, als der Ort kaum noch unbekannte Gassen, Wege, Brunnen, Bäche oder Rinnsale, Häuser, Geschäfte oder Handwerker zu bieten hatte, wurden die Umwege seltener. Da waren die Schulkameraden wichtiger, denen man sich auf dem Heimweg anschließen konnte.

Doch manchmal unternahm der Hansi auch noch als Schüler begeistert Erkundungsgänge. Wenn nämlich zur großen Freude der Schulkinder der Unterricht früher beendet wurde, weil eine Lehrerkonferenz anstand oder die Religionslehrerin krank war, dann stand viel Zeit für den Heimweg zur Verfügung, weil der Hansi ja erst um die übliche Mittagszeit daheim erwartet wurde. Diese Ausflüge nahmen immer größere Ausmaße an. So konnte es durchaus sein, dass er zunächst kräftig auf der Landstraße Richtung Sameister ausschritt, um dann vor dem Weiler St. Wendelin den einen oder anderen Feldweg zu nehmen, der ihn von der Rückseite her, beim Einödhof Söld oder beim Pfronter vorbei durch dichte Wälder zum Falchen hinaufführte. So erreichte er dann das Haus vom Falchenkamm her herablaufend oder, sofern er noch mehr Zeit hatte, sogar über das Höllbachtal.

Eine weitere Möglichkeit bestand darin, vom Kindergarten aus den Fußweg an der Bäckerei Völk vorbei zur Schongauer Straße hin zu nehmen. Gleich hinter dem Gruberbach, da wo man rechts ins Lewiesa und links Richtung Brandach abbiegen konnte, wohnte damals im ersten Stock des kleinen Häuschens der Frau Hilz die Großmutter mütterlicherseits. Die freute sich immer, wenn sie Besuch bekam und hatte darüber hinaus stets irgendwelche Süßigkeiten anzubieten, so zum Beispiel blockweise sündteure Nougatschokolade, an die man normalerweise so gut wie nie herankam.

Wenigstens einmal im Jahr verbrachte der Hansi viel Zeit bei dieser Oma und zwar immer dann, wenn das Fronleichnamsfest vor der Türe stand. Vor der Tenneneinfahrt des gegenüber dem Hilzhaus liegenden Hofs der Familie Enzensberger war nämlich eine der vier Altarstellen für den Fronleichnamsumzug, der im Flößerdorf Lechbruck mit großem Aufwand veranstaltet wurde. Mittelpunkt waren die vier über das Dorf verteilten Altäre, die jeweils mit großen Blumenmosaiken für den Festtag vorbereitet wurden. An den Tagen vor dem Fest traf sich die ganze Nachbarschaft beim Klammehafner – so der Hausname der Enzensbergers – um dann in Gruppen eingeteilt auf die Wiesen Richtung Lewiesa auszuschwärmen. Jede

Gruppe hatte Körbe dabei, mit denen man die Blumen für den Altar sauber nach Farben getrennt einsammelte. Die Farbenvielfalt der damals noch artenreichen Wiesen- und Auenfluren sorgte dafür, dass der Altar beim Enzensberger sich jedes Jahr wieder zu einem Höhepunkt der religiösen Volkskunst entfaltete.

In der Mitte vor der Hofeinfahrt stellte man den aus der Mitte des neunzehnten Jahrhunderts stammenden hohen Holzaltar auf, den auf beiden Seiten frisch geschlagene Birken einrahmten. Die Altarstufen hinab und dann weit ausladend in den Vorplatz hinein legten die Frauen die Blumen zu einem beeindruckenden Mosaikteppich. Es war selbstverständlich eine Ehre für das ganze Viertel, wenn am Ende des Kirchenumzugs wieder einmal im Dorf festgestellt wurde: „N scheaschte Altar hot dr Enzensberger ghett!"

Winter

Schon im Kindergarten spielte bei den Exkursionen auf dem täglichen Heimweg die Jahreszeit oder das Wetter so gut wie keine Rolle. Gerade bei hohem Schnee machten einige Umwege besonderen Spaß, zumal die Seitenwege und Fußpfade im Dorf oft nur schlecht oder auch gar nicht geräumt waren. Dazu kamen die freien Wegabschnitte außerhalb der Dorfbebauung, wo der Wind manchmal für hohe Verwehungen sorgte. Beim Stapfen durch den hohen Schnee, beim Durchwaten der Schneewächten, beim „Engelemachen" im frischen Pulverschnee fror der Hansi kaum einmal. Viel eher kam er ins Schwitzen und die warme Winterkleidung störte ihn. Schal und Zipfelmütze, vor allem aber die von der Mutter gestrickten Wollfäustlinge waren schnell lästig, zumal wenn die gefrorene Nässe sie schwer und somit hinderlich gemacht hatte. Also nichts wie runter damit! Immer wieder passierte es so, dass der schwitzende und durchnässte Bub zu Hause ohne seine Winterausrüstung ankam. Da gab es natürlich heftige Vorwürfe, dass er sich mit seinem Leichtsinn noch den Tod hole. Auf die Frage, wo er denn nun die Mütze oder die Handschuhe verloren habe, wusste der Hansi aber immer die richtige Antwort. „Verloare hau i se doch gar ite, die flacket doba bei dr Reserv im Schneahaufe!"

Und so musste er so manches Mal wieder hinaus in den Schnee, um Kappe, Schal oder Handschuhe auch nach Hause zu bringen.

November 1951

Überhaupt muss in den fünfziger Jahren doch erheblich mehr Schnee im Allgäu gefallen sein als heutzutage. Zwar erscheint in der Erinnerung manches größer, höher und mächtiger, als es tatsächlich wohl gewesen war. Dies ergibt sich schon aus dem besonderen Blickwinkel eines Kindes. Da wird ein großer Schneehaufen schnell einmal meterhoch und wenn ein Kindergartler bis zu den Knien oder gar bis zum Hintern im Schnee steckt, dann muss es deswegen noch lange nicht übermäßig viel geschneit haben.

Doch bestätigen ja auch die Erwachsenen die Unterschiede zwischen den Wintern von früher und denen von heute. Und schließlich gibt es auch konkrete Anhaltspunkte im Erinnern, welche die Aussage über die schneereicheren Winter in der Vergangenheit eben doch belegen.

Zum Beispiel erzählten die Eltern oft und gern, wie die Tante Beppi und die Hebamme sich im Spätherbst 1951 durch den hohen Schnee zum Haus der Familie Schütz am Falchen durchkämpften, wo in der Nacht vom elften auf den zwölften November der zweite Sohn der Eheleute Johann Friedrich und Else Schütz zur Welt kam. Damals muss es bereits Anfang November so viel Schnee in Lechbruck gehabt haben, dass die Schneepflüge nur noch die Hauptstraßen notdürftig freiräumen konnten.

Als bei Else Schütz nun die Wehen einsetzten, war man zunächst auf die Hilfe des Nachbarn Beringer angewiesen, der sein Haus auf der anderen Seite der Straße hatte, die erst in späteren Jahren den Namen „Bergblick" erhalten sollte. Der Vater war zwar zuhause, fiel aber als Kurier zur Hebamme aus, da er sich beim Fußballspielen den Fuß gebrochen hatte und mit seinem Gipsbein unmöglich durch den hohen Schnee hinunter ins Dorf hätte laufen können. So begab sich also Herr Beringer durch das dichte Schneetreiben hinunter zum Postamt, das damals noch von der Großmutter des erwarteten Kindes geführt wurde. Dort telefonierte die Postangestellte Martina Suiter auf dem Postapparat ins fünf Kilometer entfernte Bernbeuren am Fuße des Auerbergs. Die dort ansässige Hebamme packte ihre Sachen zusammen und nahm gleich noch, wie es schon im Voraus ausgemacht worden war, Tante Beppi mit, eine ebenfalls in Bernbeuren wohnende Schwester der Großmutter. In Lechbruck kamen die beiden aber aufgrund der Schneeverhältnisse mit ihrem VW Käfer nur bis zum Postamt, wo sie das Auto stehen lassen mussten. Von da an stapften auch sie durch den tiefen Schnee und zahlreiche hüfthohe „Gähwinden", wie in Lechbruck die Schneewächten hießen, zum Falchen hinauf. Der Weg zum Geburtshaus muss wohl für die Hebamme anstrengender gewesen sein als die tatsächliche Geburtshilfe, und auch die anderen Beteiligten erzählten noch viele Jahre später immer wieder die Geschichte von der Geburt des kleinen Hansi.

Für den Vater hatte diese Geburt in mehrfacher Hinsicht ihre positiven Seiten: Nicht nur dass mit Tante Beppi eine gelernte Köchin ins Haus kam, die sich in den folgenden zwei Wochen, bis die Mutter die Anstrengungen der Niederkunft überstanden hatte, um den zweieinviertel Jahre älteren Richard, aber eben auch um den kranken Ehemann und insbesondere um eine gute Küche kümmerte. Aber die zweite Schwangerschaft an sich schon beendete einen unerfreulichen Streit zwischen den Eltern des Vaters auf der einen und der unerwünschten Schwiegertochter und ihrem Mann auf der anderen Seite.

Die Schütz-Oma hatte sich nämlich immer eine reiche und angesehene Schwiegertochter gewünscht, und da passte die Else Suiter nicht ins Konzept. Zwar stieg deren Mutter Martina Suiter zur Leiterin des Lechbrucker Postamts auf, aber das hatte zur Folge, dass Else ihre Ausbildung bei der Post abbrechen musste, um auf ihre kleinere Schwester Ingrid aufzupassen und den Haushalt zu führen. Der Vater der kleinen Ingrid war im Russlandfeldzug gefallen oder vermisst und Martina Suiter musste deshalb ihre beiden Töchter alleine durchbringen. Die Ältere, also Else, war im Übrigen ein uneheliches Kind, vermutlich aus einer Faschingsbekanntschaft mit einem Postkollegen namens Köpf aus Pfronten.

Das war nun ganz und gar nicht der Umgang, den die Großmutter Anna Schütz und deren Ehemann, der Käsermeister Karl Schütz, sich für ihren einzigen Sohn Johann Friedrich, gerufen Hans oder Hansl, vorgestellt hatten. Zumal sowohl die Tochter eines der größten Bauern und Grundbesitzer im Dorf als auch die Tochter eines örtlichen Sägewerksbesitzers ihrem Sohn, so wie man erzählte, nicht abgeneigt gewesen sein sollen. Die ehrgeizige Anna Schütz plante die Karriere ihres Soh-

Klein-Hansi im Sommer 1952

nes dabei ziemlich zielstrebig. Der Sohn wurde zur Arbeit ins Sägewerk vermittelt und sollte so bald wie möglich auch eine Lehre im Holzhandel beginnen. Als Tochter eines Dorfbürgermeisters und Kolonialwarenhändlers aus Apfeldorf am Lech war Anna Schütz wohl überzeugt, dass auch ihr Sohn in so genannte bessere Kreise einheiraten sollte. Damit wäre auch die Schmach getilgt gewesen, dass besagter Dorfbürgermeister Haus, Hof und Laden in den dreißiger Jahren verloren hatte, weil er – wie man damals formulierte – „verkracht" war. Von diesem Bankrott und dem damit verbundenen Verlust des Familienvermögens war natürlich nie die Rede. Anna Schütz ließ aber selten eine Gelegenheit aus, um sich als „Bürgermeisterstochter und Käsermeistersfrau" vorzustellen.

Zum großen Ärgernis der Anna Schütz hielt jedoch ihr Sohn Johann Schütz zu seiner Else und das umso mehr, als sie 1948 zum ersten Mal schwanger geworden war. Eine Heirat aber wurde damals noch nicht erlaubt und die schwangere Else blieb ledig im Postamt wohnen, woran sich auch nach der Geburt des ersten Kindes am 19. Januar 1949 nichts änderte. Die Schütz-Oma soll damals immer darauf gehofft haben, dass der schwächliche und kränkliche Richard bald sterben könnte, wodurch ihr Sohn Hans wieder frei wäre für eine ihrer Meinung nach angemessenere Partie.

Schon gleich nach seiner Geburt litt der Richard unter einem Magenpförtnerverschluss und nur sehr mühsam konnte er mit stündlicher Fütterung von Spezialnahrung über mehrere Wochen hinweg durchgebracht werden. Später litt er ständig unter Erkältungskrankheiten, Hals- und vor allem Ohrenentzündungen und immer wieder hohem Fieber. Als dann auch noch ein in der Postwohnung einquartiertes Flüchtlingskind den Keuchhusten ins Haus geschleppt hatte, glaubten alle, es ginge mit dem Kleinkind Richard dahin, zumal sich in der Folge auch noch eine beidseitige Lungenentzündung entwickelte.

Der damals im Ort ansässige Kinderarzt Dr. Schöberlein hatte eines Abends den hochfiebrig und völlig apathisch daliegenden Richard schon abgeschrieben und gab ihm höchstens noch ein paar Stunden zu leben.

Doch er hatte nicht mit dem Kampfgeist von Richards Großmutter, der Martina Suiter, gerechnet. Schnell verließ diese das Haus und begab sich dahin, wo sie auch zuvor schon und auch später im Leben oftmals erstaunliche Hilfe in schwierigen Lebenslagen erfahren hatte. Zu wem genau sie da ging und vor allem was dort geschah, hat nie jemand erfahren. Das Schweigen darüber gehörte wohl zum Geschäft, wie auch die Vorgabe, etwas von der kranken Person, also eine Haarlocke, einen Fingernagelteil oder dergleichen mitzubringen.

Auf alle Fälle muss die verzweifelte Aktion Wunder gewirkt haben und ähnliche Fälle ließen sich aus der Familiengeschichte noch einige erzählen! Als der Kinderarzt nach zwei Stunden zu seinem, wie er erwartete, letzten Hausbesuch noch einmal in der Postwohnung vorbeischaute, traute er seinen Augen nicht. Das sichtlich erholte Kind saß nahezu fieberfrei in seinem Bettchen und lachte ihm munter entgegen.

Was der einen Großmutter nur recht sein konnte, war der anderen immer noch ein Dorn im Auge. Ein anderes schwerkrankes Dorfkind war an ähnlichen Symptomen verstorben und immer wieder betonte sie, eine Heirat komme nicht in Frage, weil man ja sowieso nicht wisse, ob das kränkliche Kind durchkomme. Auch in späteren Jahren musste sich die Mutter immer wieder von der Schütz-Oma vorhalten lassen, dass ihr einziger Sohn Hans sie nur wegen der zwei Kinder geheiratet habe. Dabei hatte Else ihr schon beizeiten klargemacht, dass sie wegen des Kindes keinesfalls auf einer Heirat bestehe. „Des Kind bring i ohne di scho o dure und heira muaß ba mi deswege no lang it!", hatte sie der späteren Schwiegermutter schon während der ersten Schwangerschaft deftig verdeutlicht.

„An Mercedes kunnt ar fahre und wege dir muaß ar mit'm Radl in d'Arbat!" So lautete noch nach vielen Jahren ein oft wiederholter Vorwurf der Schwiegermutter.

Die zweite Schwangerschaft aber führte dazu, dass am 2. Mai 1951 in Lechbruck geheiratet wurde. Für das frisch vermählte Paar und bald zwei Kinder aber war im Postamt kein Platz und so zog die schwangere Else mit ihrem ersten Kind Richard in das halbfertige Häuschen am Falchen, in dem bislang der Hansl mit seinen Eltern wohnte. Bewohnbar war hier aber nur das Parterre, also die Wohnküche, ein Schlaf- und ein Kinderzimmer nebst einer kleinen Speisekammer und einer Toilette. Der erste Stock dagegen blieb bis in die sechziger Jahre unausgebaut. Die Schwiegereltern zogen am Falchen aus und in die Wohnung über der Genossenschaftskäserei Straß am Auerberg in der Nachbargemeinde Bernbeuren, die Karl Schütz

Der Käsermeister Schütz und seine Frau: Oma und Opa

im Auftrag der dortigen Milchbauern schon seit einiger Zeit leitete.

Und so waren durch die Geburt des kleinen Hansi die Familienfronten so weit für ein Dutzend Jahre geklärt, was aber vielmaliges und stetiges Nachkarteln und Hinterhergranteln nicht ausschließen sollte.

Die Eltern: Else und Hans Schütz sen.

Fasching

Die Winter blieben auch in den späteren Jahren noch lang und schneereich. Oft zogen sie sich mit geschlossener Schneedecke und zumindest zwischenzeitlichen Temperaturen um die zwanzig Grad unter Null vom November bis in den Februar oder März hinein.

Solche Wetterverhältnisse herrschten auch im Fasching. Viel zum Verkleiden hatten die Schütz-Kinder und die Kinder der Nachbarn am Falchen damals nicht, aber mit Phantasie, einem Griff in die Altkleiderkiste auf dem Dachboden und dem ein oder anderen billigen Stück vom Kienberger – dem größten Geschäft am Ort – kamen doch einige farbenprächtige „Maschkrer" zustande: Indianer, Cowboys, Räuber, Hexen, Zwerge oder Prinzessinnen.

So verkleidet gingen die Kinder zum „Maschkre". Auch wenn der Schnee noch so hoch lag, die bunte Schar zog nicht nur die Straße ins Dorf hinab, wo man vor allem auf die Gaben der Geschäftsleute hoffte, sondern auch die abgelegenen Höfe außerhalb des Ortes wurden ohne Ausnahme heimgesucht. Die Maschkrer klopften an die Türen und sagten dann ihre Fasnachtsverslein auf:

> „Luschtig isch di Fasenacht,
> wenn mei Muatter Kiachla bacht.
> Wenn se aber koane bacht,
> dann pfeif i auf die Fasenacht!"

oder:

> „I komm d'rher vo Weißahoara
> und hau mei Wei im Bett verloara.

49

Hau se g'suacht im ganze Haus,
do isch des Mensch zum Fenschter naus!"

Oft waren die Verkleideten mehrere Tage bis zur Dunkelheit unterwegs. Geld gab es nur selten, aber Faschingskrapfen, Fasnachtsküchle oder wenigstens ein paar Guatsle sprangen fast überall heraus und, wenn es ganz gut ging, sogar einmal eine Tafel Schokolade, vor allem beim Unteren Kucharbauer.

Weihnachten

Und noch ein Ereignis erinnert an den vielen Schnee im Winter. Solange die Familie in Lechbruck wohnte, gehörte es zum Ritual des Weihnachtsfestes, dass man sich am Heiligen Abend nach der Bescherung auf den Weg ins Untere Dorf machte. Dort wohnte mittlerweile im ersten Stock eines kleinen Häuschens die „Urmi", die Suiter-Oma, die ihre Poststelle aufgegeben hatte.

Der weite Weg vom Falchen hinunter bis ans hintere Ende des Unteren Dorfes war für den kleinen Hansi ein unvergessliches Erlebnis, das Weihnachten erst so richtig schön machte. In der Erinnerung stellt sich ein sternklarer Himmel ein, eiskalt prickelt die Luft auf den Backen, die Schuhe der Eltern knirschen bei jedem Schritt im Schnee. Die Kinder sitzen auf ihren Schlitten und schauen hinunter auf das Dorf mit seinen Lichtern. Ganz selten erkennt man da oder dort auch einen Nadelbaum in einem Garten, der schon mit einer Lichterkette geschmückt ist. Das Glockengeläut von der Pfarrkirche unterbricht die sonst lautlose Nacht.

Nach dem Besuch bei der Oma, wo es eine zweite Bescherung gab, ging es dann wieder zurück auf den Falchen. Die frische Luft und der lange Fußmarsch tun ein Übriges, um die Kinder in solchen Nächten besonders gut und tief in ihrem kleinen Zimmerchen schlafen zu lassen.

Überhaupt war die Weihnachtszeit voll prägender und wundervoller Ereignisse. Einmal, wenige Tage vor Weihnachten, da schaute der Hansi in der Abenddämmerung noch einmal zum Fenster hinaus. Dicke Schneeflocken wirbelten vom Himmel herunter. Und da geschah etwas Unglaubliches: Nicht weit vom Haus, etwa in halber Höhe der Bäume im Hintergrund, sah er ganz deutlich einen Engel vorbeifliegen. In späteren Jahren war er sich nie sicher, ob das nicht nur eine Täuschung war, vielleicht hervorgerufen durch die weihnachtliche Erwartung und so manches Bild in den zahlreichen Bilderbüchern. Je älter der Hansi aber wird, umso sicherer glaubt er wieder zu wissen, was er damals so wunderbar vorbeischweben gesehen hat. Selten ist der kleine Hansi in seinen Kindertagen so ruhig und rundum glücklich eingeschlafen wie an jenem Abend, und es war ihm durchaus bewusst, dass nicht jeder in seinem Leben das Glück hat, einem leibhaftigen Engel zu begegnen.

Wintersport

Wenn das Wetter einigermaßen mitspielte, waren die Kinder im Winter draußen. Der abschüssige Garten, später dann noch viel mehr die steilen Hänge des Falchen, eine Eisfläche auf einer Feuchtwiese zwischen den Gehöften vom Bärabauer und vom Unteren Kuchar oder der zugefrorene kleine See im Falchensteinbruch bildeten die idealen Voraussetzungen für Winterfreuden aller Art. Für das Schlittschuhlaufen hatte man „Schraubendampfer", die allerdings nur an alten Schuhen befestigt werden durften, weil sie doch immer wieder die Sohlen beschädigten.

Auch für das Schifahren war man einigermaßen ausgerüstet. Pullover, Mützen, Schals und Fäustlinge strickte die Mutter, vom Christkind gab es Schischuhe, Bambus-Schistöcke und die damals üblichen Holzschi mit Federzugbindung. Die Kinder vom Falchen bauten sich ihre Schipisten zunächst selber: Dazu mussten sie immer wieder mühsam den Hang hinaufsteigen und den Schnee „zemadappe". Dabei kamen die Skisportler heftig ins Schwitzen. Wie gut, dass sie zwischendurch zur Erfrischung die „Eisbollen" von den gestrickten Fäustlingen ablutschen konnten! Ende der fünfziger Jahre gab es dann am hinteren Falchen am „Steilhang" einen ersten Schlepplift, bei dem man für ein paar Zehnerl den langwierigen und anstrengenden Anstieg vermeiden konnte. Das Geld aber war knapp und so benutzte der Hansi den Lift nur ein paar Mal an so einem Schitag und mühte sich die meiste Zeit doch wieder zu Fuß den Berg hinauf.

Besonderen Spaß hatten die Kinder an ihren Schischanzen aus pappigem Schnee. Wettkämpfe wurden veranstaltet und

Sieger war natürlich, wer den weitesten Sprung „stehen" konnte. Sicherheitsbindungen gab es damals noch keine und doch ist fast nie etwas passiert, obwohl es wagemutige Schispringer gab, die mit großem Anlauf über die Schanze sprangen und mitunter fürchterlich anzusehende Stürze bauten.

Fast ebenso beliebt war das Schussfahren. Ohne Kurve galt es, so schnell wie möglich in der Falllinie den Steilhang hinunterzurasen. Erst ganz unten durfte eine Kurve gemacht werden. Doch nicht alle Teilnehmer beherrschten die Kunst des Kurvenfahrens so gut, dass sie mit dem geringen Auslauf zurechtkamen. So geschah es immer wieder, dass der eine oder andere nicht nur einen gehörigen Sturz baute, sondern auch über die Uferböschung hinausgetragen wurde und im Höllbach landete. Das war meist halb so schlimm, weil der Bach in der Regel zu dieser Jahreszeit zugefroren war. Schlimmer war dagegen der Materialschaden, denn so manches Paar Schi ging dabei zu Bruch.

Neben dem Schifahren stand am „Bergblick" auch das Schlittenfahren hoch im Kurs. Zusammen mit den drei Kindern vom Nachbarn Kartmann bauten die Schütz-Buben eine richtige Rodelbahn. Vom Kartmannhaus weg führte eine Fahrstraße den Hang hinunter bis zur Helmensteiner Straße. Bei viel Schnee und Eis schaffte es der Chauffeur des Fabrikanten Kartmann nicht, den steilen und kurvigen Anstieg hinauf bis zum Haus oder zu der unterhalb des großen Gartens auf halber Höhe errichteten Garage zu fahren. Das war die Zeit für die Schlittenfahrer.

Manchmal halfen die Kinder auch heimlich nach, indem sie einen Kübel Wasser aus dem Haus holten und damit den Weg vereisten. War die Straße endlich unbefahrbar für den schweren Mercedes, dann wurden die Kurven mit Schneemauern erhöht und die Schlittenrennen konnten beginnen. Zur Sicherheit stellte man später ganz unten noch ein selbst gebasteltes Warnschild auf, denn es kam immer wieder einmal vor, dass der Chauffeur doch einen Versuch machte, mit viel

Schwung den Weg hinaufzukommen. Die Kinder übten aber solche Notsituationen, indem sie sich aus voller Fahrt vom Schlitten rollten. Normalerweise lag man bei den Rennen bäuchlings auf den Schlitten, was allerdings den Nachteil hatte, dass man bei Stürzen sich leicht den Kopf an einer der Birken am Wegrand anschlug oder noch häufiger die Lippe am Schlitten.

Beim Dr. Eger

Ein interessantes Spiel für den Hansi boten auch die Metallkufen der Schlitten. Immer wieder reizten diese dazu, die Zunge festkleben zu lassen.

Noch besser ging dieses Spiel allerdings am Tor in der Bretterwand zwischen Haus und Holzschuppen. Dieses Tor hatte eine große Eisenklinke und ein Schloss mit einem ebenso mächtigen Eisenschlüssel. War es kalt genug, also deutlich unter null Grad, dann streckte der Hansi immer wieder vorsichtig seine Zunge heraus und berührte damit den Schlüssel oder die Klinke. Sofort klebte die Zunge am Eisen fest. Das war nicht ganz ungefährlich, denn um wieder loszukommen, musste man die Zunge möglichst schnell und manchmal unter dem Verlust der obersten Hautschicht wegreißen. Die anderen Kinder spielten das verbotene Spiel ebenfalls immer wieder, wobei laut mitgezählt wurde, wer es am längsten mit der Zunge am Eisen aushielt. Auch wenn es manchmal eine blutige Zunge gab, immer wieder zog es den kleinen Hansi an das Tor um einen neuen Rekord aufzustellen.

Spannend war das nicht nur wegen der Angst, erwischt und geschimpft zu werden, sondern noch mehr wegen der Befürchtung, eines Tages zu lange am Eisen zu bleiben und nicht mehr weg zu kommen. Schreckliche Bilder malte er sich für diesen Fall aus. Da käme dann wohl der Doktor mit einem Messer, um die Zunge abzuschneiden. Denn zimperlich, das wusste der Hansi schon, war der Hausarzt Dr. Eger nicht. Wenn der einem eine Spritze gab, dann ging das nicht vorsichtig und schonend vor sich, sondern mit viel Schwung und einem breiten Grinsen auf dem Gesicht.

Einmal verletzte sich der Hansi beim Schaukeln. In Beringers Garten hatte er zusammen mit Beringers Rosmarie ein Brett über einen dicken Holzstamm gelegt.

Die Wippe funktionierte gut, aber dann war er zu nahe in die Mitte gerutscht und hatte den Daumen zwischen Brett und Stamm gebracht. Laut schreiend rannte er aus dem Nachbarsgarten über die Straße nach Hause. Die Mutter wickelte ein Taschentuch um den blutenden Daumen, setzte das heulende Kind auf den Gepäckträger ihres Fahrrads und fuhr, so schnell sie konnte, ins Dorf hinunter zum Arzt.

Dr. Eger sah sich den gequetschten Daumen an, an dem der Fingernagel bereits halb abgegangen war.

„Der Nagel muss sowieso weg, das haben wir gleich", sagte er, griff den Fingernagel und riss ihn mit einem überraschenden, kräftigen Ruck einfach weg. Zur Belohnung für das tapfere Kind gab es dann noch eine schwungvoll gesetzte Tetanusspritze in den Hintern und mit einem dicken Verband um den lädierten Daumen wurde der Hansi von der Mutter aufs Radl gesetzt und wieder nach Hause geschoben.

Wenn der Hansi mit der Zunge am Eisen hing, dachte er nach in den wenigen Sekunden, die er Zeit hatte, um rechtzeitig wieder wegzukommen. Er überlegte, was es für Möglichkeiten gab, um den Doktor zu vermeiden. Mit dem Schlüssel war es einfacher als mit der Eisenklinke. Ersteren hätte er durch geschicktes Bewegen des Kopfes so weit drehen können, dass er in der Lage war, ihn herauszuziehen. Dann hätte man nur noch heimlich ins Haus gelangen müssen, ohne dass die Eltern den an der Zunge hängenden Schlüssel bemerkten, um dann abzuwarten, bis das Eisen sich erwärmte und die Zunge wieder freigab.

Was aber, wenn das Tor abgesperrt war? Eine ganze Umdrehung war kaum zu schaffen. Hoffentlich war nicht zugesperrt! Wenn er das doch nur vor dem Zungenspiel überprüft hätte! Und mit einem kräftigen Ruck riss der Hansi die Zunge vom Schlüssel weg, ein paar Hautfetzen blieben hängen, aber immerhin, er war noch einmal davongekommen.

Else und Hans Schütz mit ihren Kindern Hansi und Richard

Die Mädchen

Die Mädchen spielten bislang im Leben des kleinen Hans keine besondere Rolle. Da war die eine oder andere, mit der man im Kindergarten ganz gut spielen konnte, und da war die Feli vom Nachbarn Kartmann. Eigentlich hieß das Mädchen Felicitas, aber alle riefen sie nur Feli, und ihr älterer Bruder, der eigentlich Siegfried hieß, wurde nur Titi genannt. Nur das älteste der Kartmannkinder wurde beim richtigen Namen gerufen: Rolf.

Die Feli wuchs unter dem strengen Regiment von zwei älteren Brüdern und einem sehr autoritären Vater auf. Zur Erziehung diente durchaus auch die Hundeleine und so war es kein Wunder, dass die Feli eher wie ein Bub aufwuchs. Sie spielte die Bubenspiele mit, wobei sie als Jüngste oft auch die schlechteste Rolle zugeteilt bekam. Da konnte es schon passieren, dass das kleine Mädchen als gefangener Indianer an einen Baum gefesselt und erst nach langer Zeit wieder freigelassen wurde.

Die Feli zählte also als Bub, wenn auch der Kindergartler Hansi seiner Mutter einmal durchaus ernst erklärte: „I heire ite, högschtens amol d'Feli, weil i dann it so weit hoim hob!"

Wie gesagt, im Kindergarten spielten die Mädchen kaum eine Rolle. Wenn überhaupt gab es zuerst die eine oder andere Auseinandersetzung. So beschied der Hansi einmal Pfanzelts Johanna, sie müsse ihn, sofern sie mitspielen wolle, nicht Hansi, sondern mit vollem Namen, also Hans-Karl, nennen. Pfanzelts Johanna reagierte auf dieses Ansinnen mit einer deftigen Watschen und, da die Angelegenheit von der Kindergartenschwester mitbeobachtet und mitgehört worden war, ging die Geschichte bald im Dorf rund und kam selbstverständlich auch der Verwandtschaft zu Ohren. Immerhin hatte die Sache die weit reichende Folge, dass ab da der Vater immer dann, wenn es ernst wurde, also wenn es einen Tadel gab oder in späteren Jahren in einer ernsthaften Unterhaltung, seinen Sohn mit dem bedeutungsschweren „Hans-Karl" anredete. Dies blieb so, auch im Erwachsenenalter, bis zum Tod des Vaters.

Doch zurück zu den Mädchen! Mit der Zeit, so im letzten Kindergartenjahr, machte der Hansi dann doch die ersten Unterschiede beim anderen Geschlecht aus. Da war eben die eine oder andere, die man lieber als Mitspielerin akzeptierte als andere. Gefördert wurde so eine Vorliebe besonders durch die Rollenverteilung beim Theaterspielen. Die Ordensschwestern vom Lechbrucker Kindergarten übten mit ihren Schützlingen immer wieder kleine Theaterstücke ein. So brachte es der Hansi beim Faschingstheater immerhin zum Prinzen, dem zum Glück mit Wiedemanns Lori auch jenes Mädchen zugeteilt worden war, das ihm seit längerem schon von allen am besten gefallen hatte.

Was da so an ersten Gefühlen in ihm aufkam, wurde aber streng geheim gehalten, darüber zu sprechen wäre dem kleinen Hansi absolut unmöglich gewesen. Und so blieb diese erste Zuneigung immer ein Geheimnis, das erst viel später, gegen Ende der dritten Klasse, zu einer Rauferei mit einem Rivalen um die Gunst des Mädchens führte.

Der Heel Udo hatte nämlich auf dem Nachhauseweg behauptet, er finde, die Lori sei die Schönste unter den Mädchen in der Klasse und er habe ihr das nicht nur gesagt, sondern er habe ihr sogar schon einmal einen Kuss gegeben.

Irgendwie bewunderte der Hansi Udos Mut, so eine doch verbotene Angelegenheit einfach laut auszuplaudern. Er selbst hatte zwar immer wieder von der hübschen Lori geträumt und sich vor allem vor dem Einschlafen auch schon einmal ausgemalt, wie schön es doch wäre, mit ihr allein zu sein, zum Beispiel beim Spielen im Wald oder am Höllbächle. Doch das alles waren Träume, weit weg von jeder Realität. Ein Mädchen gern zu haben, das war für kleine Kinder doch streng verboten und noch viel verbotener war es, eine solche Zuneigung zu zeigen oder gar darüber zu sprechen. So war der Hansi ziemlich verwirrt ob des Bekenntnisses des Rivalen. Er selbst hätte, obgleich er damals schon so oft wie möglich die Nähe der Verehrten vor und nach der Schule und in der großen Pause gesucht hatte, es nie gewagt, auch nur ihre Hand zu halten.

Die einzige Ausnahme war einmal – es muss wohl in der dritten Klasse gewesen sein – bei einem Faschingsfest im Kindergartensaal, als die Mädchen mit den Buben zu Radiomusik tanzen wollten. Da hatte er fast nur mit der Lori getanzt und sie dabei nicht nur mit den Händen gefasst, sondern auch sonst so oft wie möglich berührt. Immer wieder musste der Hansi an diese Faschingstänze denken, wobei er sich aber nie so ganz sicher war, ob das Vorgefallene nicht doch schon eine schwere Sünde gewesen war. Ein Rest von schlechtem Gewissen blieb auch immer, wenn er sich heimlich ein Treffen mit seiner Lori ausmalte.

Einmal hatte er sogar Loris Namen mit großen Buchstaben in den Schnee geschrieben. Das war zwar weit vom Haus weg, hinter einem kleinen Feldgehölz, sodass anzunehmen war, dass niemand diese Liebesbezeugung finden würde. Trotzdem schlief der Hansi in den folgenden Tagen schlecht ein, einerseits hatte er eben doch Angst vor einer Entdeckung, andererseits war er ein bisschen stolz auf seinen Bekennermut. Immerhin hatte er der zunächst vorhandenen Eingebung widerstanden, den Schriftzug im Schnee schnell wieder zu verwischen oder mit einem „Engele" zuzudecken.

„Engele" nannte man die Figur, die entstand, wenn man sich rücklings auf eine noch unberührte Schneefläche fallen ließ und dann ganz ausgestreckt liegend mit beiden ausgebreiteten Armen halbkreisartige Bewegungen ausführte. Wenn man anschließend vorsichtig nach vorne aufstand, ohne die Zeichnung im Schnee zu zerstören, dann war da tatsächlich ein geflügeltes, engelartiges Bild entstanden.

Und jetzt hatte also dieser Udo mit seinem Bekenntnis Hansis Gefühlswelt vollkommen durcheinander gebracht. Da blieb zunächst nur eine Art Befreiungsschlag direkt ins Gesicht des Rivalen – und schon war eine richtige Rauferei im Gange. Als nach einiger Zeit, nachdem jeder den anderen schon ein paar Mal im Schwitzkasten gehabt hatte, keiner so recht weiterkämpfen konnte, ließen sie voneinander ab und jeder trottete mehr oder weniger verstört nach Hause. Immerhin hatte der Hansi dem Udo gezeigt, dass er auch noch da war, und er nahm sich vor, bei der nächsten passenden Gelegenheit der Lori auch einen Kuss zu geben – und wenn es noch so eine große Sünde war.

Die entsprechende Gelegenheit sollte sich dann aber nie ergeben und so blieb es beim heimlichen Träumen. Darüber hinaus gingen sich die beiden Streithansel eine ganze Zeitlang aus dem Weg, obgleich sie ein gutes Stück weit den gleichen Schulweg hatten.

Schulausflug in der 4. Klasse

Das Zwergle

Ein Jahr vor dem Faschingsstück mit Prinz und Prinzessin wurde in der Lechhalle ein Zwergenspiel aufgeführt.

Die große Lechhalle neben dem Kindergarten war dem Hansi wohl vertraut, weil man dorthin einmal pro Woche zum Turnen gehen durfte. Herr Faber, ein älterer grauhaariger Mann, von dem man munkelte, er sei vor dem Krieg ein Spitzensportler, ja sogar 1936 bei der Olympiade dabei gewesen, übte dort mit den kleinen Buben Boden- und Geräteturnen. Einmal im Jahr wurde das Gelernte vorgeführt und da gab es Urkunden vom Deutschen Turnerbund und Leistungsabzeichen zum Anstecken, was den Richard und den Hansi ganz stolz machte.

In die Lechhalle schlich er sich auch gern, wenn er ausnahmsweise nachmittags im Kindergarten bleiben musste, was ihm im Übrigen gar nicht gefiel, weil er das fremde Essen und noch viel mehr den anschließend vorgeschriebenen Mittagsschlaf verabscheute. Nach solchen Nachmittagen oder wenn er sonst etwas im Dorf machen musste, zum Beispiel einen Botengang ins Untere Dorf zur Oma, schaute er gern in der Lechhalle vorbei, weil dort immer wieder Proben für Theateraufführungen, Faschings- oder Musikveranstaltungen stattfanden. Staunend verfolgte er dann das Geschehen auf der Bühne und das geschäftige Drumherum und konnte sich kaum von dieser faszinierend fremden Welt losreißen.

Eines Tages stand er selber auf der Bühne und zwar als einer der sieben Zwerge, die mit grüner Mütze und langem, mit einem Hosengummi am Kopf befestigten Flachsbart unter anderem eine Geburtstagsszene zu spielen hatten. Bei den Proben war er immer derjenige gewesen, der das letzte Stück des Geburtstagskuchens abbekommen hatte.

Auf der Bühne vor der gerammelt vollen Lechhalle geriet dann bei der Aufführung in der Aufregung unter anderem auch die Reihenfolge beim Kuchenessen durcheinander. Ganz erfreut sah da der vermeintlich letzte Zwerg, dass für ihn sogar zwei Kuchenstücke übrig geblieben waren und griff mit beiden Händen zu. Da war aber noch ein zu kurz gekommener Wichtelmann und der meldete sich jetzt lautstark protestierend zu Wort und konnte dem Hansi gerade noch einen letzten Rest Kuchen aus den Händen reißen. Die Zuschauer fanden gerade diese Szene besonders gelungen, hielten sie für bestens einstudiert und sparten nicht mit lang anhaltendem, spontanem Applaus. Dass diese Stelle so gar nicht vorgesehen war, wusste ja kaum jemand und sogar die Spielleiterin, die Kindergartenschwester Edelwina, musste noch lange nach der Aufführung über die ungeplante, aber dennoch sehr publikumswirksame Einlage herzlich lachen. Ob der zu kurz gekommene Zwerg auch lachen konnte, ist nicht mehr bekannt, aber viele Jahre später sollte er noch einmal eine Rolle bei einer eigentlich gar nicht ernst gemeinten Auseinandersetzung spielen.

Erstkommunion

Ein Streithansel oder gar ein Raufbold war der kleine Hansi eigentlich nicht. Da und dort gab es zwar einmal eine Rangelei, aber aus den größeren Raufereien hielt er sich heraus, vielleicht schon deshalb, weil er immer einer der Kleinsten in seiner Altersgruppe war. Viel lieber maß er da schon seine Kräfte im Sport, insbesondere beim Fußballspielen. Sein großes Vorbild war der Vater, ein aktiver Fußballspieler, der damals regelmäßig beim TSV Lechbruck in der ersten Mannschaft dem runden Leder nachjagte.

Ein anderes, besonders folgenreiches Kräftemessen sollte sich in der dritten Klasse mit dem Mitschüler ergeben, mit dem er schon im Kindergartenalter auf der Bühne um das letzte Stück Zwergenkuchen gekämpft hatte.

Es war der große Tag der ersten heiligen Kommunion. Herausgeputzt im Kommunionanzug, mit Gummizugkrawatte und frisch vom Frisör verunstaltet, standen die Buben und Mädchen vor dem Kindergarten, der als Sammelplatz diente. Von dort aus sollten die Kommunionkinder dann den Kirchhügel hinauf zum Festgottesdienst marschieren, aber es dauerte alles recht lang. Nicht nur dem Hansi war es allmählich langweilig, sondern auch dem Bosch Hansl aus seiner Klasse. Die Kommunionkerze in der Hand brachte die beiden bald auf die Idee, einen kleinen Fechtkampf auszuführen. Zunächst fochten die beiden zwar nicht so richtig, sondern deuteten eher den Wettkampf nur an. Doch dann steigerten sie sich mehr und mehr in ihre Ritterphantasien hinein und so passierte, was zwangsläufig passieren musste: Die beiden Kerzen krachten aneinander und dem Hansi fuhr ein gewaltiger Schrecken in die

Glieder. Was für eine Blamage, was für ein Desaster, wenn die Kerze jetzt kaputt wäre! Und tatsächlich, ein deutlicher Riss war in dem weißen Wachs zu sehen. Eine erste Überprüfung des Schadens ergab, dass die Kerze zwar schon leicht angeknackst und ein wenig wackelig war, aber mit viel Glück und Vorsicht könnte man gerade noch so über die Runden kommen.

Beim bald folgenden Einzug in die Kirche und während des Gottesdienstes musste der Hansi immer wieder an die beschädigte Kerze denken. Er schickte so manches Stoßgebet gen Himmel und überlegte krampfhaft, wie er das sicher bald entdeckte Malheur zuhause erklären würde. Aber bemerkt hatte Gott sei Dank noch niemand etwas und so wuchs zusehends die Hoffnung, dass es wenigstens bis zum Ende der Kirche gut gehen würde.

Und dann kam ihm das Glück zu Hilfe oder auch die heilige Maria, die da vorne am Hochaltar aufgestellt war, mit ihrem blauen Umhang, dem weißen, goldgeborteten Festkleid, dem kleinen Jesuskind auf dem Arm und der goldenen Krone auf dem Kopf. Denn an die hatte der kleine Hansi wie auch schon bei anderen Gelegenheiten seine Bittgebete gerichtet. Wenn er beim Gottesdienst manchmal ganz lange und intensiv das liebliche Gesicht der Muttergottes da oben betrachtet hatte, dann war es ihm manchmal so vorgekommen, als lächle diese nur ihn persönlich voll Verständnis an, das ein oder andere Mal glaubte er sogar, sie habe ihm heimlich zugezwinkert. Wie auch immer, überraschend kam die heiß ersehnte Hilfe in der Not.

Während des Gottesdienstes hantierte nämlich ein Kommunionkind etwas unvorsichtig mit seiner brennenden Kerze und kam einem vor ihm sitzenden Mädchen damit in die Haare. Es passierte nicht viel, denn die wie ein Luchs aufpassende Katechetin war sofort zur Stelle und verhinderte mit wenigen Handbewegungen ein größeres Unglück. Es roch jetzt zwar etwas seltsam, fast so wie in der Schmiede beim Pferdebeschlagen, aber es war insgesamt gerade noch einmal gut gegangen.

Doch jetzt eilte die resolute Katechetin von Kerze zu Kerze und löschte mit grimmiger Miene alle Flammen aus, um weitere Vorkommnisse dieser Art zu vermeiden. Bei ihrer Löscharbeit packte sie die Kerzen der Kinder recht kräftig, was durchaus auch ihrer aus dem Religionsunterricht bekannten Art entsprach. Die Kerze des kleinen Hansi knickte bei dieser Behandlung und war jetzt für alle sichtbar krumm und beschädigt.

Nach dem Gottesdienst war die angebrochene Kerze natürlich einer der wichtigsten Gesprächsstoffe in der ganzen Familie. Einerseits lobte man das schnelle Reagieren der Religionslehrerin, andererseits kritisierte man aber ihr heftiges Zupacken, das dem armen Hansi seine Kerze beschädigt habe. Und so ergab sich eine gute Gelegenheit, die nicht besonders beliebte Religionslehrerin „auszurichten", also zu kritisieren, insbesondere ihre stets zu beobachtende Vordrängelei in der Kirche, dazu ihr für das damalige Lechbruck viel zu aufgedonnertes Auftreten mit kräftiger Schminke und hohen, klappernden Absätzen und nicht zuletzt ihren allsommerlichen Kampf gegen das Böse in Form der neuerdings auch im Flößerdorf am Lechufer gelegentlich zu beobachtenden Bikinis.

Der eigentliche Verursacher des Kerzenmalheurs hütete sich indessen auch nur ein Wort über die durch den Fechtkampf entstandene Vorschädigung verlauten zu lassen. Ihm war aber durchaus bewusst, dass die Kritiker, wenigstens was die Kerze betraf, der Katechetin eigentlich Unrecht taten und so schleppte er nicht nur an diesem Tag ein schlechtes Gewissen mit sich herum. Herausgekommen ist nie etwas, aber geplagt hat ihn sein schlechtes Gewissen doch noch lange, zumal ja das Thema Kommunionkerze auch in den folgenden Wochen bei den Maiandachten immer aktuell blieb. Denn es war so üblich, dass die Kommunionkinder in ihren Kleidchen und Anzügen und natürlich auch mit ihren Kerzen der wichtigste Bestandteil bei der Inszenierung dieser Andachten waren.

Im Übrigen war die Feier zuhause ein wunderbares Fest für das Kommunionkind. So viel Verwandtschaft war selten am

Das Kommunionkind und dahinter Urmioma Martina Suiter
(später Oppenländer), Bruder Richard sowie Opa und Oma
Schütz

Falchen zusammengekommen, wo die Tante Beppi aus Bernbeuren als gelernte Köchin selbstverständlich das Regiment in
der Küche übernahm. Zu Gast waren die beiden Großmütter
und der Großvater, Mutters jüngere Schwester Ingrid und fast
alle ihre Tanten, also Mina, Klara, Lisl, Emma, Vroni, Beppi
und Rita, Hansis „Taufdotle" oder Patin, und natürlich deren
Männer.

    Als ganz besonderes Ereignis galt aber der Besuch der
Uroma, die aus zweierlei Gründen bemerkenswert war: Einmal
war den Schütz-Buben immer schon klar gewesen, warum diese
alte Frau als „Uroma" bezeichnet wurde. Sie konnten sich nämlich noch genau daran erinnern, dass es eben diese Uroma gewesen war, die vor Jahren auf Weihnachten ein Paket mit einer

Uhr geschickt hatte. Pakete waren damals eine absolute Seltenheit und daher eine ganz außerordentliche Begebenheit, an die die in der Küche tickende Uhr die Erinnerung wach hielt.

Der andere Umstand, der die Uroma so besonders interessant machte, war die Tatsache, dass sie nur noch ein Bein hatte. Das andere hatte man ihr amputieren müssen und die Kinder kannten ihre Uroma so zeitlebens nur als eine einbeinige Frau, die sich mittels Krücken notdürftig fortbewegen konnte. Bei der Kommunionfeier saß sie auf einem Stuhl vor dem Haus und beobachtete das muntere Festtreiben, das aufgrund des schönen Wetters im Garten an einer langen Brettertafel stattfinden konnte. Das Häuschen am Falchen wäre für so viele Gäste auch nicht groß genug gewesen.

Bald schon erzählte man sich die immergleichen alten Geschichten, so zum Beispiel vom Uropa, dem schon lange verstorbenen Mann der einbeinigen Uroma. Denn ihm, dem alten Herrn Pfluger, war – wohl als Folge einer Kriegsverletzung – ebenfalls ein Bein abgenommen worden und der hatte zur Fortbewegung eine Art Wägelchen mit Handantrieb, mit dem er im schwäbischen Türkheim immer unterwegs war und so das Ortsbild prägte. Von ihm existierten Schwarzweißphotos, die in einer Schachtel mit zahlreichen anderen Familienphotos aufbewahrt und von den Kindern immer wieder mit Interesse herauszogen wurden.

Und dann musste die Mutter zum weiß Gott wie vielten Male erzählen, wie sie immer zusammen mit ihrer etwas jüngeren Tante, Hansis Taufdotle Rita, den Großvater im Winter mit dem Schlitten zum Wirtshaus oder vom Wirtshaus nach Hause ziehen musste. Bei diesen Fahrdiensten machten sie sich einen Spaß daraus, so schnell in die Kurven zu rennen, dass der Schlitten umkippte und der teils schimpfende, teils lachende Großvater im Straßengraben landete.

An Hansis Erstkommuniontag saß also die Uroma auf einem Küchenstuhl im Garten unter dem Gravensteiner Apfelbaum und betrachtete die Festgesellschaft. Damals wusste sie noch nicht, dass ihr später wegen einer Zuckererkrankung auch noch das zweite Bein amputiert werden würde.

Zur Feier des Tages gab es zum Abschluss des Essens noch etwas ganz Besonderes. Man hatte einen der Gäste mit dem Auto und einer großen Schüssel zum Café Müller ins Dorf geschickt, wo diese mit Vanilleeiskugeln gefüllt und in dicke Schichten Zeitungspapier gepackt wurde. So schnell wie möglich, um ein frühzeitiges Schmelzen des Inhalts zu verhindern, wurde die Eisschüssel wieder zurück zum Falchen gebracht und dort als die kulinarische Sensation des Tages allseits begrüßt.

Eisdielen gab es damals zumindest auf dem Land noch nicht, aber beim Café Müller konnte man am Sonntag schon Vanille-, Schokoladen- und sogar Erdbeereis in der Waffel kaufen, ein Vergnügen, das sich die Falchenkinder aber nur ganz selten leisten konnten. Taschengeld gab es erst viel später, so ab dem Teenageralter, von der Schütz-Oma. Die erwartete dafür aber jeweils einen Besuch mit entsprechenden Dankesbezeugungen, was dem Hansi vor allem in der Pubertät durchaus so seine Schwierigkeiten machte.

Bis dahin war es aber noch lange hin und Geld hatten die Schütz-Buben nur selten zur Verfügung. Wenn überhaupt, dann gab es gelegentlich eine Münze von einem Besuch oder auch als Geschenk der Großeltern bei Geburts- oder Namenstagen.

Nachbarschaft

Doch zunächst noch einmal zurück in die Vorschulzeit.

Eine wichtige Rolle in Hansis Leben sollte erst einmal Nachbars Titi spielen. Er war das mittlere Kind des Fabrikanten Kartmann, der gleich neben der Familie Schütz auf einem riesigen Hanggrundstück sein für damalige Verhältnisse erstaunlich großes Haus mit einer im Süden vorgelagerten Sonnenterrasse gebaut hatte.

Der Fabrikant Kartmann war, so wurde erzählt, in den Wirren des Krieges von Rumänien nach Deutschland geflohen. Sein Siebenbürger Dialekt, dazu eine Art Singsang in der Aussprache, gaben immer wieder zu Späßen und gern erzählten Kartmann-Anekdoten Anlass, wobei der Neid auf den Neureichen bei vielen Dörflern schon auch eine Rolle gespielt haben dürfte.

Immerhin erzählte man sich, dass der Fabrikant mit nichts als einem Bündel aus Siebenbürgen angekommen sei. Binnen kurzem aber sei er nicht nur durch die Heirat einer Adligen, einer geborenen von Hohenhau, sondern auch durch den Erwerb des ehemaligen Fabrikgeländes der Firma Wacker unten am Kanal zum reichsten Mann weit und breit aufgestiegen. Neben den Fabrikanlagen am Lechkanal sollte er auch bald im Unteren Dorf weitere Spinnereien und Webereien aufbauen und somit zum größten Arbeitgeber des ehemaligen Flößerdorfes werden. Neben den Fabrikgebäuden baute Kartmann auch Arbeiterwohnungen im Unteren Dorf und zeichnete für die Errichtung des Lechbrucker Altenheimes verantwortlich, das in Erinnerung an seine Heimat „Siebenbürgerheim" genannt wurde. Viele Jahre später gestattete er sich und seinen Kindern eine Namensumbenennung in „von Hohenhau".

Die Schütz-Familie war dem reichen Fabrikanten von Anfang an ein wenig ein Dorn im Auge. Der Grund war wohl zunächst darin zu suchen, dass der Großvater Karl Schütz der Erste gewesen war, der da draußen am Falchenhang, weit weg vom Dorf, ein Grundstück erworben und darauf ein kleines Häuschen errichtet hatte. Kartmann kam also nur als Zweiter her. Die wenigen anderen Häuser am „Bergblick" standen entweder auf der anderen Seite des Weges, also bergan, oder näher beim Dorf und störten somit nicht: Die Beringers waren durch eine Buchenhecke und die Zinks durch die Straße von den Kartmanns getrennt. Die Herbs wohnten zwar auf der gleichen Seite wie die Kartmanns, aber näher beim Dorf. Nur das Schütz-Grundstück störte den freien Blick auf das Lechtal, die Gebirgskette oder auch nur den Höllbach und die vor dem Wald angelegte Rehfütterungsstelle, denn Kartmann war, wie es sich für Leute seinesgleichen schließlich gehörte, ein stolzer Jäger.

Gestützt auf seinen großen Einfluss im Gemeinderat wehrte sich der Fabrikant später hartnäckig gegen eine weitere Bebauung am „Bergblick", was ihm auch weitgehend gelang, wenn man von einem größeren Mehrfamilienhaus in der Verlängerung des Beringerschen Grundstücks einmal absieht. Dieses Mehrfamilienhaus konnte er zwar nicht verhindern, aber immerhin kam es während des Baus immer wieder zu wohl juristisch bedingten langen Verzögerungen in der Fertigstellung, was für die Falchenkinder wiederum den Vorteil hatte, dass zunächst die von Fröschen und Salamandern belebte Baugrube und später dann der halb fertige Rohbau ihre Spielmöglichkeiten ideal erweiterten.

Bald schon wurde auch bekannt, dass der reiche Kartmann auf der italienischen Insel Elba ein Ferienhaus mit eigenem Strandzugang erworben hatte. Damit er dort ungestört von Nachbarn seine Ferien verbringen könne, so erklärte er einmal meinem staunenden Vater, habe er auf Elba gleich den ganzen

Berg gekauft, an dessen Hang sein Haus stehe. So habe er wenigstens dort seine Ruhe.

Diese Ruhe sah Kartmann am Falchen durch die Nachbarn immer wieder beeinträchtigt. So konnte es schon vorkommen, dass der Herr Fabrikant den Vater zu einem Gespräch in sein Haus herüberbat und sich höchst aufgebracht beschwerte: Der eine oder andere Baum in dessen Garten sei mittlerweile zu hoch gewachsen und behindere erheblich die Aussicht von der kartmannschen Terrasse. Das Ergebnis solcher Beschwerden war dann aber keineswegs ein Nachgeben. Vielmehr galt der Spruch: „Mir waret zerscht do!", und kein Baum wurde gefällt.

In der Folgezeit gab es auch noch heftige Auseinandersetzungen um das Fahrrecht auf dem Weg, der zunächst von der Helmensteiner Straße in einer großen Kurve bergan zum kartmannschen Grundstück verlief. An dessen unterem Ende befand sich die große Garage des Fabrikanten, gleich daneben, am unteren Gartentürchen zum Schütz-Grundstück, die klei-

Das Haus am Falchen in den sechziger Jahren,
dahinter das Anwesen der Familie Beringer

ne Garage für den VW Käfer des Schütz-Opas. Die wurde immerhin einmal wöchentlich benutzt, meist am Samstag, wenn nämlich der Opa vom Auerberg herunterkam, um nach seinen Obstbäumen, Beerensträuchern und Gartenbeeten zu schauen und die verschiedensten Gartenarbeiten zu verrichten.

Direkt vor den beiden Garagen gabelte sich der Weg. Ein Strang führte hinauf zum Haus der Kartmanns zu einer weiteren im Haus integrierten Doppelgarage. Der andere Strang zog sich ab hier nur noch als schlecht gekiester Weg um das Schütz-Grundstück herum – das früher hier vorhandene „Loch" hatte man inzwischen zugeschüttet – und hinauf zu dem Straßenstück, das später „Bergblick" genannt wurde und oberhalb der beiden Anwesen wieder Richtung Falchenstraße und damit zum Dorf hin verlief. Noch in den fünfziger Jahren gab es übrigens in ganz Lechbruck nur Hausnummern, darunter oft sogar gemischte Brüche, die noch dazu ohne erkennbare Ordnung vergeben waren.

Diese gekieste Verbindung wurde zwar nur selten genutzt, war aber dem Ruhebedürfnis des Fabrikanten nicht zuträglich.

Richard und Hans

Wahrscheinlich befürchtete er auch, dass früher oder später dieser Weg zu einer befestigten Straße ausgebaut werden würde.

Zunächst ließ er durch Fabrikarbeiter quer zur Straße tiefe Regenwassergräben anlegen, die unter anderem zu einem Rahmenbruch beim ersten Radl von Hansis Bruder Richard führten. Dann erreichte er über den Gemeinderat, dem er eine Zeitlang wohl auch selber angehörte und den er entsprechend beeinflussen konnte, dass die untere Zufahrt bis zu den zwei Garagen als Privatweg eingestuft wurde und somit in seinem Besitz war. Der Opa Schütz und in späteren Jahren auch sein Sohn Hans nutzten den Weg aber nach wie vor. Der dadurch entstandene Konflikt wurde schließlich nach mehreren Verhandlungsrunden dadurch entschärft, dass sich Kartmann schriftlich bereit erklärte, den beiden Männern der Schütz-Familie ein lebenslanges Fahrrecht zuzugestehen. An die Frauen dachte damals niemand, die hatten, von der Frau des Fabrikanten einmal abgesehen, keinen Führerschein und für die nächste Generation, also den Richard und den Hansi, sollte das Fahrrecht nicht mehr gelten.

Oft hat Hansis Mutter auch die Geschichte erzählt, wie die beiden Schütz-Buben noch sehr klein waren und im Garten beim Spielen mitunter auch so laut wurden, dass sich der Nachbar dadurch erheblich gestört fühlte. Eines Tages also kam der Fabrikant Kartmann herüber und verlangte, dass die Kinder in der Mittagszeit zwischen zwölf und vierzehn Uhr nicht mehr im Garten spielen dürften, da er sich sonst nicht entsprechend ausruhen könne.

„Jetzt spinnt dr Kartma ganz", habe sie sich da gedacht, „und so weit kommt's no!"

Und von da an schickte sie die Kinder gerade zur Mittagszeit erst recht in den Garten, die erste Zeit auch nicht ohne den ernst gemeinten Hinweis: „Naus in Garte, und wenn's goat, machet an rechte Krach!"

Quer durch das große Kartmann-Grundstück verlief auch ein alter Fußweg, den viele Lechbrucker seit jeher genutzt hatten, um über den Falchenhang hinüber Richtung Helmenstein und weiter lechaufwärts zu gelangen. Auch nachdem der Fabrikant sein Haus gebaut hatte, hielten die Dörfler zunächst an ihrer alten Wegegewohnheit fest und durchquerten das Grundstück hinter seinem neuen Haus. Das galt vor allem für zwei Käser, die hier täglich zweimal auf dem Weg nach und von Leibenberg vorbeikamen. Denn sie arbeiteten in diesem Weiler zwischen Lechbruck und Roßhaupten, wo sich eine der damals noch zahlreichen kleinen Landkäsereien befand.

Darauf angesprochen, dass der Weg mittlerweile durch ein Privatgrundstück führe und deshalb nicht mehr benutzt werden dürfe, stellten sich die beiden Käser stur und weigerten sich, einen Umweg zu machen oder eine andere Route zu nehmen. Das änderte sich allerdings schnell, so wurde erzählt, als von da an mehrmals frühmorgens mehrere Fabrikarbeiter bedrohlich den Weg verstellten und ganz unverhohlen mit Gewaltanwendung drohten. Nach einiger Zeit wurde das Grundstück rundherum eingezäunt und von dem Fußwegle vom Falchen zum Höllbachsteg hinunter war bald nichts mehr zu sehen.

Eine andere Geschichte handelte davon, dass der Fabrikant einmal mit seinem allseits bestaunten neuen Mercedes in der Falchenwirtschaft eingekehrt war. Oben an der höchsten Stelle des Hügelkamms hatte der Wirt Braunegger eine kleine Gastwirtschaft mit einer schattigen Terrasse und einem kleinen Biergarten, die wegen ihres herrlichen Ausblicks über das Lechtal hinüber zu den Bergen besonders im Sommer sehr beliebt war. Gleich neben dem gemütlichen Biergarten unter den schattigen Kastanien hatte der Kartmann sein Auto geparkt, wohl aber vergessen, die Handbremse anzuziehen. Auf einmal, so erzählte man sich nicht ohne Schadenfreude im Dorf, sei der Mercedes ins Rollen geraten und immer schneller werdend den steilen Falchenhang hinunter bis ins Höllbachtal gekracht. Hinterdrein sei der jammernde Besitzer gelaufen und habe immer wieder gerufen: „Mein scheenes Auto! Mein scheenes Auto!"

Eines Tages wurde im Dorf mehr und mehr getuschelt: „Jetzt schbinnt ar ganz, dr Kartmo. Der isch varruckt worre und koft de Baure 's ganze Lewiesa a!"

Mit dem „Lewiesa" waren die unterhalb des Dorfes lechabwärts gelegenen Wiesen und Flussauen gemeint, die von den Lechbrucker Bauern als Weideland für die „Schumpen" und „Mollen", also das Jungvieh, genutzt wurden. Diese an sich eher wertlosen Böden kaufte der Fabrikant Kartmann zum Erstaunen der meisten Lechbrucker nach und nach auf.

Erst Jahre später zeigte sich, dass er damit keinesfalls etwas Verrücktes angefangen hatte. Genau jene damals billig erworbenen Böden lagen eines Tages an einem geplanten und im Verlauf der sechziger Jahre von der Bayerischen Wasserkraft AG (BAWAG) gebauten Stausee. Da verkaufte er sie entweder vor dem Bau an die Stauseegesellschaft oder nutzte sie danach unter anderem für einen großen und lukrativen Campingplatz am See.

Wenig Aufhebens um ihre Person machte dagegen Frau Kartmann. Man hatte im Haus des Fabrikanten zwar eine Küchenhilfe, aber die Hausherrin selber war sich für keine Arbeit zu schade und widmete sich insbesondere dem großen Garten, in dem sie zeitweise sogar Hühner hielt. Sie war jederzeit auch für ein Schwätzchen über den Gartenzaun hinweg zu haben. Da wurden dann Gartentipps und Erziehungsratschläge ausgetauscht, sicher auch das ein oder andere Dorfthema ausdiskutiert und je nach Ertragslage Obst, Gemüse oder Beeren verschenkt.

Hansis Vater machte sich immer wieder den Spaß, eine Tüte Regenwürmer oder Nacktschnecken hinüber in die kartmannsche Küche zu schicken. Die Fabrikantengattin konnte herzhaft über solche Späße lachen, vor allem dann, wenn die entsetzte Haushälterin Leni laut kreischend aus der Küche rannte.

Manchmal im Sommer packte die Frau Kartmann neben den eigenen drei Kindern und dem Hund Daisy auch die

Schütz-Buben mit ins Auto und fuhr über Prem in das Halb-lechtal Richtung Trauchgau, wo man auf den Kiesbänken des Lechnebenflusses wunderbare Badeplätze finden konnte. Jahre-lang wurde der kleine Hansi von der Nachbarin auch mit Hem-den, Pullovern und der ein oder anderen Hose versorgt, alles Kleidungsstücke, aus denen der etwas ältere Titi herausgewach-sen war.

Wenn es sein musste gab es aber auch einmal eine Ohr-feige, so zum Beispiel, als der kleine Hansi zusammen mit der Feli eines Tages einen Sack Orangen im Keller entdeckt hatte. Diese seltenen Früchte gab es bei armen Leuten normalerweise nur zur Weihnachtszeit und auch dann in sehr begrenztem Umfang. Hier aber tat sich geradezu ein paradiesisches Ange-bot auf, das die beiden Kinder weidlich nutzten, wobei sie die Orangen kurzerhand mit einem Messer halbierten und dann mehr oder weniger sauber auslutschten und die Schalenreste auf einen immer größer werdenden Haufen warfen. Der Wert der Früchte war sicherlich weniger Anlass für die Züchtigung als die Sauerei, die auf dem Kellerboden damit angerichtet worden war.

Kartmanns Titi war zwei Jahre älter als der Hansi und bald waren die zwei viel zusammen, manchmal kam als Dritter sein Bruder Richard dazu. Das erste besonders beeindruckende Er-lebnis mit ihm fand auf dem Weg hinter dem Holzschuppen statt und zwar dort, wo ein eisernes Gartentor den Zugang zu Kartmanns Grundstück ermöglichte. Ohne jegliche Scham hat-te da der Nachbarsbub seinen Penis aus der Hosenfalle gezo-gen, die Vorhaut etwas zurückgeschoben und geprahlt, dass er höher bieseln könne als alle anderen. Und tatsächlich, schon spritzte der Titi seinen Wasserstrahl nahezu senkrecht nach oben. Dieses Kunststück erstaunte doch sehr und der Hansi hätte wohl nie den Mut aufgebracht in den angebotenen Wett-kampf einzusteigen. Fürs Erste blieb er verschont eine Ent-scheidung zu treffen, weil das Kunststück dann so misslang, dass der Wasserstrahl sich gegen seinen Entsender richtete und dieser sich, nass gespritzt wie er war, schleunigst in seinen Garten verzog.

Gelegentlich hat der Hansi dann im Unterholz am Höllbach oder wenn er allein im Wald unterwegs war, auch versucht, sich auf den angekündigten Wettkampf vorzubereiten. Die Ergebnisse blieben aber eher kläglich und irgendwann war die Sache auch vergessen, sodass es nie zum Wettkampf kam.

Vom Titi konnte man viel lernen, schließlich war er größer, kräftiger, älter und ein richtiger Lausbub. So manches Mal bekam er aufgrund seiner Missetaten die Hundeleine zu spüren oder von seinem Vater einen langen Hausarrest verordnet.

Besonders gut war er im Fischen.

Beim Fischen

Das Fischen im Höllbächle geschah mit der bloßen Hand. Die ersten Fische, die die Kinder dabei erwischten, waren die Groppen. Diese etwas unförmigen und nicht besonders flinken Wasserbewohner konnte jeder, der schnell genug zupackte, mit zwei Händen fangen. Dabei ging man barfuß bachaufwärts und drehte die größeren Steine im Bachbett um, unter denen sich die Groppen gerne versteckten. Viel anzufangen wussten die Falchenkinder nicht mit den glitschigen, seltsam großköpfigen, aber höchstens fingerspannlangen Fischen. Es ging eigentlich nur darum, wer sich traute einen Fisch zu fangen oder wer der Schnellste war bei der Treibjagd bachaufwärts.

Schwieriger war es schon mit den Forellen. Hier galt es, sich möglichst langsam und vorsichtig von überhängenden Ufern aus oder an den zahlreich vorhandenen Gumpen an die dort stehenden Forellen heranzupirschen. War dies gelungen, so musste man ganz langsam unter Wasser eine Hand in Richtung Forelle schieben, bis unter den Bauch des Fisches. Gute Fischer prahlten damit, dass sie die Forellen noch am Bauch kitzelten, bevor sie sie mit einem schnellen und festen Griff knapp hinter den Kiemen packten und aus dem Wasser zogen.

Ein Meister im Forellenfischen war der Titi und es ihm gleich zu tun war eine ganze Zeitlang Hansis heimlicher Wunsch. Dabei hatte der eigentlich schon mit den Groppen so seine Probleme. Nicht dass er zu langsam oder zu ungeschickt für das Fischefangen gewesen wäre. Die Schwierigkeit lag ganz woanders: Irgendwie ekelte er sich vor der feucht-glitschigen Haut der Fische, sie zu berühren war ihm unangenehm. Vielleicht taten die Tiere ihm auch leid, wenn sie nach der erfolgreichen Jagd neben dem Bach am Ufer lagen und mit weit aufgerissenen Mäulern nach Luft schnappten und mit den Schwänzen zuckten.

Wer aber mithalten wollte in der Kinderschar, der durfte solche Gefühle nicht zeigen. Ebenso wenig durfte man einwenden, dass das Fischen doch verboten sei. Gerade das Verbot erhöhte selbstverständlich den Reiz der Angelegenheit. Darüber hinaus war das mit dem Verbot auch nicht so ganz eindeutig. Denn wenn doch einmal einer auf das Fischverbot zu sprechen kam, prahlte der Anführer Titi damit, dass der Bach und die Jagd und womöglich der ganze Wald sowieso seinem Vater gehörten. Außerdem wussten wir ganz genau, dass in so mancher Familie, obwohl immer wieder an das Fangverbot erinnert wurde, die mitgebrachten Forellen eine durchaus willkommene Abwechslung für den Küchenzettel darstellten.

Es dürfte in der ersten oder zweiten Klasse gewesen sein, als der Hansi allein am Höllbach entlangstreunte und plötzlich in einem Gumpen eine besonders große und prächtige Forelle stehen sah. Die wollte er nun unbedingt fangen, um sich selbst zu beweisen, dass auch er ein guter Fischer war. Doch scheiterten alle Versuche, überhaupt nah genug an das Tier heranzukommen. Immer wieder schoss die Forelle viel zu früh davon und unter einen Überhang hinein.

Hansis Ärger und Frustration nahmen zu. Eigentlich wäre das Vergebliche des Tuns Grund genug gewesen, die sowieso ungeliebte Fischerei sein zu lassen. Doch genau das Gegenteil trat ein. Immer wütender wurde der kleine Hansi und bald sann er auf eine andere Art des Fischens. Es wäre doch gelacht, wenn diesem blöden Fisch nicht beizukommen wäre! Wenn es schon nicht mit den Händen ging, dann vielleicht mit einem Hilfswerkzeug.

In den Taschen seiner kurzen Lederhose hatte der Hansi selbstverständlich neben vielem anderen, was einem beim Spielen im Wald und am Bach nützlich sein konnte, immer auch ein Taschenmesser dabei. Schnell fand sich ein geeigneter Haselstrauch, aus dem er sich einen gerade gewachsenen fingerdicken Stecken schnitt und ihm sogleich eine Spitze schnitzte. Zwar wäre das Fischen mit so einem Speer von den Kameraden nicht akzeptiert worden. Aber er dachte, wenn er die Forelle erst einmal gefangen hätte und damit nach Hause gekommen wäre, würde bestimmt keiner so genau nach der Art des Fangens fragen.

Doch auch jetzt erwies sich der Fisch als zu flink. Immer wieder zischte er kreuz und quer durch den Gumpen, versteckte sich unter der Uferböschung und entkam ein ums andere Mal dem immer verbissener jagenden Buben. Wie lange das so ging, weiß ich nicht mehr, aber irgendwann war die Forelle oft genug von dem Stecken getroffen worden, sodass sie nun mit dem Bauch nach oben aus ihrer Höhle hervortrieb.

Dem Hansi war, als blickten ihn ihre toten Augen vorwurfsvoll an und gerade, als er sich zwingen wollte, den toten Fisch mit beiden Händen zu packen und aus dem Wasser zu ziehen, da sah er am Feldweg oberhalb des Bachlaufes die Gestalt eines Mannes. Wer genau das war, der Goresse-Bauer, dem dort die meisten Felder gehörten, oder der Förster, den man immer wieder mal im Wald treffen konnte, das war auf die Schnelle nicht zu erkennen. Auf alle Fälle war die Gestalt dort oben Anlass genug, um so schnell die kleinen Füße laufen konnten, bachabwärts zu fliehen.

Lange noch quälte den Buben die Angst, beim Schwarzfischen erkannt worden zu sein, gepaart mit einer gewissen Selbstverachtung, weil die Art, wie er die Forelle zur Strecke gebracht hatte, überhaupt nicht der unter den Buben üblichen Methode entsprach. Dem kleinen Hansi kam sein scheinbarer Sieg über die Forelle eher einem verachtenswerten Fischmord und somit einer empfindlichen Niederlage gleich. Von da an beteiligte er sich lange Zeit nicht mehr am Fischen im Höllbach.

Der Speiseplan

Erst viel später sollte er noch einmal ein Kindheitserlebnis mit Fischen haben, das allerdings nicht geheim blieb, sondern in der Schütz-Familie durchaus positive Reaktionen auslöste.

Da waren die Buben vom Falchen schon einige Jahre älter und verbrachten die meiste Zeit der Sommerferien und der Wochenenden am Lech mit seinen Altwassern und an den Kiesgrubenseen gegenüber dem rechtsseitigen Lechdorf Prem. Diese Lechauen waren in den fünfziger und sechziger Jahren ein Paradies für Kinder. Noch gab es die zahlreichen Stauseen nicht, die den Lech heute zu einem total verbauten und eingeschnürten unnatürlichen Kunstfluss machen. Lediglich der große Forggensee zwischen Füssen und Roßhaupten war aufgestaut. Unterhalb von dessen Staumauer aber durfte der Lech noch ungestört fließen, auch wenn er nicht mehr so gefährlich werden konnte wie vor der Regulierung durch diesen großen künstlichen See. Der Forggensee verhinderte vor allem die in früheren Zeiten üblichen Frühjahrshochwasser nach der Schneeschmelze, die den Lechdörfern, die ja mit der Flößerei jahrhundertelang direkt vom Flusse lebten, immer wieder schwere Schäden zugefügt hatten.

Wir Kinder wussten, dass vom Stausee zu verschiedenen Tageszeiten deutlich unterschiedliche Wassermengen in das Flussbett abgelassen wurden. Deshalb bauten wir uns immer aus großen Steinen Wasserstandsmarkierungen, die uns rechtzeitig ein Ansteigen der Wassermenge anzeigen sollten. Es war nämlich schon vorgekommen, dass wir beim Spielen auf den Kiesbänken vom höher steigenden Flusswasser eingeschlossen worden waren. Der eisige grüne Lech war selbst in den heißen

Sommermonaten noch so kalt, dass man sich nur kurzzeitig ins Wasser begeben konnte. Umso schlimmer war ein solches Einschließen zu anderen Jahreszeiten, zumal ein Durchwaten des reißenden Flusswassers immer mit der Gefahr verbunden war, dass das Wasser einem die Beine wegriss und man flussabwärts getrieben wurde.

Immer wieder veränderte sich auch der ein oder andere Nebenlauf des Lechs oder es entstanden vom Fluss abgetrennte Altwasser, was die Aulandschaft für die Buben besonders reizvoll machte.

In einem solchen Altwasser entdeckten die Falchenkinder eines Tages mehrere große Hechte. Ein erfahrener Schwarzfischer, es wird wohl Kartmanns Titi gewesen sein, wusste sofort, dass man hier mit Drahtschlingen zum Erfolg kommen konnte. Langsam wateten wir am nächsten Tag, vorsichtig einen Fuß vor den anderen setzend, von hinten an die bewegungslos im Wasser stehenden Hechte heran und versuchten uns schließlich so weit vorzubeugen, dass wir die Drahtschlingen von vorne über die Fischköpfe ziehen konnten. Trotz zahlreicher Fehlversuche waren wir am Ende doch so erfolgreich, dass für jede der beteiligten Familien drei bis vier prächtige Hechte zu verbuchen waren.

Selbstverständlich gab es zuhause erst einmal eine heftige Ermahnung, dass das Schwarzfischen verboten sei und wir uns ja nicht bei einem solchen Vergehen erwischen lassen sollten. Doch nach diesen allgemeinen Vorhaltungen wurden die Fische freudig in der Küche zubereitet. Für die ärmlichen Verhältnisse, in denen wir damals aufwuchsen, war unsere Beute eine äußerst willkommene Abwechslung auf dem sonst recht eintönigen Speiseplan.

Auf dem standen sonst vor allem selbst gemachte Marmeladen, eingelegtes Gemüse aus dem eigenen Garten und Obst, das dort wuchs. Fleisch und Wurst gab es nur selten, in der Regel gerade einmal am Wochenende oder an Festtagen, und auch da war jedes „Wurschträdle" und jedes Fleischstückle genau abgezählt. Eines aber gab es im Überfluss: Käse und Milch.

Das kam daher, dass der Vater des kleinen Hansi, der zunächst als Hilfsarbeiter beim Staudammbau beschäftigt gewesen war, schon bald nach Hansis Geburt im Jahre 1951 in der Käsefabrik Hindelang in Steingaden eine Arbeit als Käser gefunden hatte. Damit trat er in die Fußstapfen seines Vaters, des Käsermeisters Karl Schütz, wenngleich er sich sein Berufsleben sicherlich ganz anders vorgestellt hatte.

Immerhin war er bis zu seinem 17. Lebensjahr in Kaufbeuren ins Gymnasium gegangen, ehe er sich dann, begeistert durch das von der Hitlerjugend vermittelte Segelfliegen am nahe gelegenen Flugplatz, freiwillig zur Ausbildung als Fliegersoldat meldete. Sein Traum vom Kampffliegen wurde übrigens nie erfüllt, schließlich verfügte die deutsche Luftwaffe am Ende des Zweiten Weltkrieges über keine Maschinen mehr. Die Wirren des Krieges führten ihn nach einer abenteuerlichen Reise statt wie vorgesehen an die Ostfront nach Brest in Frankreich. Beim Rückzug der Wehrmacht nach der erfolgreichen Invasion der

Das Haus am Falchen

Alliierten in der Normandie wurde der Soldat Johann Friedrich Schütz dann in Belgien von den Amerikanern gefangen genommen, in verschiedenen Lagern interniert und schließlich 1946 bei Köln freigelassen. Von dort schlug er sich mit Schwarzfahrten auf Güterzügen und letztlich mit einem Fußmarsch von Augsburg über Kaufbeuren wieder nach Hause ins Allgäu durch.

In die Schule konnte er danach nicht mehr gehen. Sein Vater, der Käsermeister Karl Schütz, hatte gerade seine Stellung als Leiter der Molkereigenossenschaft Echerschwang bei Bernbeuren verloren, weil ihn die Genossenschaftsbauern, die ihn im Jahre 1937 mit sanftem Druck zum Eintritt in die Nazipartei gezwungen hatten, nach Kriegsende als belastet bei der Militärregierung angezeigt hatten.

Der damalige Landrat von Schongau, der später eine große politische Karriere machen sollte, Franz Josef Strauß, bestätigte die Entlassung des Käsermeisters und die Beschlagnahmung eines Radioapparates sowie diverser Molkereieinrichtungsgegenstände. In einem persönlichen Gespräch meinte dieser gegenüber Karl Schütz: „Was wollen'S denn? Wir haben Ihnen doch bei der Entnazifizierung bestätigt, dass Sie nur Mitläufer waren und keinerlei Parteifunktionen ausgeübt haben. Aber Sie müssen schon verstehen, dass wir ein paar Opfer für die Öffentlichkeit brauchen. Passieren tut Ihnen ja sonst nichts!"

Franz Josef Strauß war übrigens selbst ehemaliges Parteimitglied und Leiter des NSKK (Nationalsozialistisches Kraftfahrerkorps) in der Kaserne Altenstadt. Die amerikanischen Besatzer, so wusste der Großvater immer wieder zu berichten, stellten den zunächst als Nazi gesuchten und nach einer wohl abenteuerlichen Fluchtgeschichte inhaftierten Franz Josef Strauß aufgrund seiner überraschend guten Englischkenntnisse als Dolmetscher ein und ernannten ihn später zum ersten Landrat im Landkreis Schongau.

So musste sich Hansis Großvater, der einst angesehene Käsermeister, zunächst mit Gelegenheitsarbeiten und verschiedenen Urlaubs- und Krankheitsvertretungen in den damals zahlreichen kleinen Molkereien über Wasser halten. Auch dem aus dem Krieg heimgekehrten Sohn blieb nichts weiter übrig, als ebenfalls alle möglichen Arbeiten anzunehmen. An eine weitere Schulausbildung war in dieser Situation nicht zu denken.

Wenigstens hatten die Eltern Karl und Anna Schütz in Lechbruck am Falchen ein Grundstück erworben, auf das man nun ein eigenes Häuschen bauen wollte. Denn die Wohnung in der Echerschwanger Molkerei mussten die Schützens ja verlassen, um dem neuen Molkereileiter Eberle aus Steingaden Platz zu machen.

Da kamen die verschiedenen Gelegenheitsarbeiten gerade recht. So konnte Johann Schütz als Arbeiter in einem Lechbrucker Sägewerk nicht nur einen bescheidenen Lohn verdienen, sondern vor allem Bauholz als zusätzliche Entlohnung mit zum Falchen bringen, wo man schon notdürftig eine Art Stadel errichtet hatte, in dem die beiden Männer der Familie Schütz bereits hausten. Besonders hilfreich für das Hausbauen erwies sich der schon erwähnte Fabrikant Siegfried Kartmann, der die am Lechkanal gelegenen und längst aufgegebenen alten Fabrikanlagen erworben hatte, um dort seine Spinnereien und Webereien aufzubauen. Einen Teil der veralteten Fabrikgebäude, vor allem aber einen hohen aus Ziegelsteinen erbauten Kamin, ließ der Fabrikant abreißen. Karl Schütz und sein Sohn Johann kamen auch hier in Lohn, indem sie die Ziegelsteine abtrugen und vom Mörtel freiklopften, damit diese bei diversen Neubauten auf dem Gelände wieder verwendet werden konnten.

Besonders interessant wurde diese Arbeit aber dadurch, dass es den beiden Hilfsarbeitern erlaubt wurde, kaputte Ziegel mitzunehmen. So brachte man viele Ziegelbrocken, darunter sicher auch heimlicherweise immer wieder ganze Exemplare, die wenigen hundert Meter bergan zum Baugrundstück am Falchen, wo sie den Grundstock darstellen sollten für das bescheidene Häuschen, in dem später der kleine Hansi mit seinem Bruder Richard und den Eltern seine Kindheit verbringen sollte.

Der verhinderte Abiturient Johann Schütz landete schließlich nach einem Zwischenspiel als Bauarbeiter bei der Errichtung des Forggenseestaudamms bei der Steingadener Feinkäserei Hindelang, wo er bis zu seiner Pensionierung im Jahre 1990 blieb. Und so kam es zu der großen Menge an Käse im Ernährungsplan der Familie Schütz.

Neben dem Lohn stand nämlich allen Beschäftigten der Käserei Hindelang auch eine so genannte „Kässchachtel" zu. Dieser braune Karton wurde den Arbeitern jeweils am Freitag nach Feierabend ausgehändigt und enthielt eine größere Anzahl der in der Fabrik hergestellten Rotschmierkäse unterschiedlicher Größe und einige ebenfalls in Steingaden produzierte Camemberts. Dem kleinen Hansi waren diese beiden Käsesorten bald ein Gräuel und auch die einmal ersonnene Methode, den zur Brotzeit üblichen Käsebroten durch Bestreichen mit Johannisbeermarmelade eine andere Geschmacksrichtung zu geben, erwies sich nicht lange als hilfreich. Mit dem Camembert hat er sich mittlerweile wieder versöhnen können, doch bestimmte Rotschmierkäse, wie zum Beispiel den Romadur, kann er auch heute noch nicht ausstehen.

So lässt sich auch verstehen, dass die Bereicherung des Speisezettels durch Fische, so zum Beispiel die Hechte aus dem Lechaltwasser, eine besondere Freude war.

Narret Zenzl

Neben dem Fischen lernte der kleine Hansi noch etwas von seinem ersten Vorbild, dem Titi. Schon öfter hatte er im Wald oder auf dem Weg von dort ins Dorf eine seltsame Frauengestalt gesehen. Die mit weiten Röcken, einem schwarzen Mantel und großen Kopftuch ärmlich gekleidete Frau kam den Kindern auch wegen ihrer krummen und gebückten Haltung zunächst wie eine bekannte Märchenfigur vor. Meist trug sie zu kleinen Bündeln verschnürtes Reisig aus dem Wald. Diese so genannten „Boazen", die hervorragend zum Anheizen eines Ofenfeuers geeignet waren, verkaufte die Frau dann im Dorf, um sich ein klein wenig Geld zu verschaffen.

Bald hatte der Titi dem kleinen Hansi klar gemacht, dass man vor der seltsamen Alten keinerlei Angst haben müsse. Ja die Kinder verspotteten diese wunderliche Person, die im ganzen Dorf als „Narret Zenzl" bekannt war, mit ihrem Namen. So dauerte es nicht lange und auch der Hansi saß mit dem Titi an der Böschung des Fußwegs zum Wald und lauerte. Wenn die Narret Zenzl dann endlich daherkam, riefen sie laut ihren Spitznamen und rannten schnell davon, ehe ihnen die jetzt kräftig schimpfende und fluchende Frau zu nahe kam.

Die Zenzl war ein ortsbekanntes Original, das seinen Namen nicht ganz zu Unrecht trug. Wenn ihr etwas nicht passte, dann ging sie sofort auf wie ein Hefeteig und sparte nicht mit den kräftigsten Schimpfwörtern und vor allem bösartigen Verwünschungen. Sie wohnte hinter der oberen Käsküche im so genannten Armenhaus, das der Gemeinde gehörte und wo man die alleinstehende und mittellose Frau kostenlos wohnen ließ.

Nicht nur vom Verkauf ihrer Boazen lebte die Zenzl, sondern auch vom Betteln und von ihren Hochzeitsauftritten. Im Dorf wurde keine Hochzeit gefeiert, ohne dass die wunderliche Frau gerade rechtzeitig zum Mittagessen im Wirtssaal auftauchte und dort ein Verslein zum Besten gab. Selbstverständlich wurde der Vortrag dann durch eine Einladung zum Festmahl vergütet und keiner traute sich, der Narret Zenzl diese Belohnung abzuschlagen, wenn auch ihre Verslein nicht immer besonders erbauend waren. Man kannte sie zu gut und wusste genau, dass eine Abfuhr zu wüstem Gezeter und Geschrei geführt hätte – und wer wollte schon gerade an seinem Hochzeitstag Verwünschungen bis ins siebte Glied heraufbeschwören, noch dazu, wo man nie ganz sicher war, ob die seltsame Dorfnärrin nicht doch über mehr Mächte verfügte, als einem lieb war.

Ein dunkles Kapitel im Leben der Narret Zenzl war nicht nur ihre Herkunft – sie war wohl ein unerwünschtes, lediges Kind einer armen Bauernmagd gewesen. Es gab auch immer wieder Gerüchte, dass sie ein verwerfliches Doppelleben führe. So munkelte man hinter vorgehaltener Hand über so manche Lechbrucker, angesehene Honoratioren darunter, die des Nachts immer mal wieder, meist nach ausgedehnten Zechgelagen, ihren Weg zu einem bestimmten Kammerfenster im Armenhaus einschlugen.

Davon wussten die Falchenkinder allerdings nichts, wenn sie die Narret Zenzl immer wieder durch freche Zurufe ärgerten. Ihr Ziel erreichten sie jedenfalls immer mit diesem Spaß: Sie kriegten eine deftige Schimpftirade zuhören.

Das Floß

Mit dem Titi erweiterte sich auch das Spielumfeld. Bald schon lief man weiter weg von zuhause, aus dem vertrauten Falchengebiet hinaus, vor allem lechaufwärts Richtung Helmenstein.

In den Lechauen gingen die Kinder nicht nur beim Fischen recht sorglos mit dem um, was ihnen gerade als brauchbar erschien. Sie bauten auch einmal zusammen mit einigen Freunden aus dem Dorf in einem langen Sommer tatsächlich ein richtiges großes Floß. Die Idee war eines Tages plötzlich da – und schon wurde sie tatkräftig umgesetzt.

Zunächst galt es, große Holzstämme zu besorgen, denn der Lech gab wegen des Stausees solche Schwemmhölzer nicht mehr her. So mussten wohl oder übel am Rande der Lechaue mehrere Fichten gefällt werden, was deren Besitzer sicher weniger gefallen hätte, wenn er es herausbekommen hätte. Dies wusste man nicht nur dadurch zu verhindern, dass die Buben das auffällige Sägemehl sorgsam einsammelten und in einiger Entfernung in der Erde vergruben, sondern auch durch das fachmännische Einreiben der Schnittflächen der frischen Baumstümpfe mit Sand und Dreck. Diese Technik hatten sie wohl in jungen Jahren bei ihren Vätern beobachtet, wenn diese zum Beispiel im Wald einen Christbaum für Weihnachten besorgt hatten.

Schwieriger war da schon das weiträumige Verstecken und Verstreuen der vielen Äste und der Baumwipfel und vor allem der Transport der immerhin mehrere Meter langen Stämme bis zum ersten Wasserlauf. Wie groß aber war die Enttäuschung, als die Diebe feststellen mussten, dass das grüne Holz der frisch gefällten Stangen fast im Wasser unterging. Doch auch hier glaubte man bald eine Lösung gefunden zu haben. Wo sie die dafür notwendigen Materialien aufgetrieben hatten, bleibt im Dunklen, aber auf alle Fälle stützten bald mehrere große und kleine Blechtonnen das Lechfloß.

Nachdem sie tagelang daran gebaut hatten, wollten die Kinder das Floß von einem seichten Nebenarm in den Hauptarm des Lechs verbringen. Doch alle Mühe war umsonst: Kaum hatte das Floß tieferes Wasser erreicht, rissen einige Drähte und Stricke, mehrere Tonnen verselbstständigten sich, das Gefährt löste sich mehr und mehr in seine Einzelbestandteile auf und die enttäuschten Lechflößer mussten sich schwimmend ans Ufer retten.

So endete die Lechbrucker Flößertradition weitgehend unbekannt nicht mit der offiziell letzten Fahrt im Jahre 1915, sondern mit einem Floßuntergang Anfang der sechziger Jahre in Höhe der Premer Schwerbelmühle.

Die Hütte

Wesentlich erfolgreicher gestaltete sich dagegen der Bau einer Hütte in den Lechauen. Mitten im ziemlich undurchdringlichen Auwald versteckt gab es eine dafür ideale Stelle. Dort hatte nämlich ein kleiner Nebenlauf des Lechs eine wenige Quadratmeter große Insel geschaffen, die ganz von Wasser umflossen nur an einer einzigen Stelle durch einen beherzten Sprung trockenen Fußes zu erreichen war.

Die Falchenbuben bauten mehrere Jahre lang an ihrem Versteck auf dieser Insel. Da fast ausschließlich Weidenruten und Schilf als Baumaterial dienten, war die Hütte kaum von ihrer natürlichen Umgebung zu unterscheiden. Aus den Weidenruten, die zwischen die am Rand der Insel wachsenden Bäume und Sträucher geflochten wurden, entstanden nahezu undurchdringliche Wände. Mit dem Schilf verfuhren die Kinder ähnlich und nutzten es zusammen mit dickeren Ästen und Zweigen, um in Teilbereichen sogar eine Art Dach zu konstruieren. Eine hohe Erle in der Mitte der Insel bot sich als Ausguckposten an.

Und wem es dabei zu heiß wurde, der schwamm zwischendurch einmal quer über den nahen Lech auf die Premer Seite, legte sich dort ein paar Minuten zum Aufheizen auf einer Kiesbank in die pralle Sonne und schwamm dann wieder auf die „Lecher" (also Lechbrucker) Seite zurück, wobei einen das reißende Wasser oft mehrere hundert Meter abtrieb.

So vergingen viele weitgehend sorglose Sommer in den Lechauen. Es gab eigentlich für den Hansi und seinen Bruder Richard nur eines zu beachten: Man musste rechtzeitig zum Abendessen wieder zuhause sein, denn in diesem Punkt war der Vater sehr streng. Eine Uhr besaß damals keines der Kinder. Aber alle hatten ein Gespür für die Zeit und konnten wohl auch die Tageszeit anhand der Sonne recht gut einschätzen. Man achtete aber auch, je nach Windrichtung, auf das Glockenschlagen vom Premer oder Lechbrucker Kirchturm.

Trotzdem kam es im Eifer des Spielens immer wieder vor, dass die Kinder zu spät heimkamen. Immerhin war es weit von den Lechauen bei Helmenstein bis zum Falchen. Man musste zunächst die Zackelhalde hoch, dann über einen Feldweg zwischen den Gehöften des Ober- und Unterkuchar hindurch am Bärebauer vorbei, um schließlich über den Höllbächlesteg auf den Falchenhang zu kommen. So gab es dann doch immer mal wieder ein Donnerwetter des ungeduldigen Vaters.

Solange der Hansi noch klein war und in der Nähe des Hauses am Höllbächle oder in dem nahe gelegenen Wald spielte, war das mit der Zeit noch einfacher. Da reichte es, wenn der Vater mittels seiner Finger vom Balkon des Hauses laut pfiff. So ein schriller Pfiff war weit zu hören, zumal er meist noch ein deutliches Echo an den dem Bach gegenüberliegenden Hügeln erzeugte. Bis zum Lech funktionierte dieses Signal leider nicht.

Die Hexe

Ende der fünfziger Jahre, Hansis Bruder Richard war schon ein Schulkind, spielte der Weiler Helmenstein, der von Lechbruck aus gesehen flussaufwärts gegenüber dem Ort Prem lag, eine besondere Rolle in den Dorfgesprächen. Auch wenn die Erwachsenen nur leise tuschelten oder abrupt das Thema wechselten, sobald ein Kind in Hörweite kam, gelang es nicht, die Kinderohren gegen das für sie vermeintlich Ungeeignete abzuschirmen. Die Kleinen bekommen meist viel mehr mit, als den Großen lieb ist.

So war es auch im Fall der Helmensteiner Hexe. Eine ganze Zeitlang ging im Dorf schon das Gerücht um, dass eine dort ansässige Frau den Nachbarn Unglück ins Haus, insbesondere in den Kuhstall bringe. Wie wenig weit man damals vom finstren Aberglauben vergangener Jahrhunderte entfernt war, zeigt die Tatsache, dass bald alle davon überzeugt waren, dass schon etwas dran sei an der Hexerei. Schnell wurde aus dem bösen Gerücht für die meisten eine feststehende Tatsache, auch für die Kinder.

Es gab nun nicht nur einen unguten Nachbarschaftsstreit in Helmenstein und einen auch vor den Kindern nicht zu verheimlichenden Gerüchtebrei im Flößerdorf, sondern auch ganz konkrete Reaktionen. So wurde zum Beispiel ein Klassenkamerad von Hansis Bruder bei einer Tante im Dorf einquartiert, damit er auf seinem Schulweg nicht mehr am Haus der so genannten Hexe vorbeigehen musste.

Einmal ging die als Hexe verschriene Frau auf dem Helmensteiner Fußwegle unterhalb des Schütz-Grundstücks Richtung Dorf, gerade als auch der kleine Hansi und seine Mutter zum Einkaufen wollten. Da blieben sie erschrocken stehen, änderten die Richtung und liefen zurück durch den Garten zum Haus hinauf, wo sie durch die große Holztür zwischen Haus und Schuppen die Bergblickstraße betraten und nun diesen doch erheblichen Umweg ins Dorf hinunter nahmen – sicher ist sicher.

In jener Zeit war es in Lechbruck ein Leichtes, die Kinder am Abend schnell und ohne die üblichen Verzögerungsspielchen ins Haus zu bringen, vor allem dann, wenn es bereits dunkelte. Nach dem Hinweis „Kommet rei, sonscht kommt no d'Hex!" erstarb sofort der kindliche Lärm. Bevor der kleine Hansi mit ängstlichen Gedanken ins Bett ging, überprüfte er sicherheitshalber, ob der große Haustürschlüssel auch wirklich zweimal umgedreht worden war.

Einmal soll die angebliche Hexe, so wurde damals im Dorf berichtet, zu Fuß im Richtung Füssen gelegenen Dorf Roßhaupten gewesen sein, um dort eine Verwandte zu besuchen. Diese hatte gerade ein Kind entbunden und es war üblich, dass Nachbarn, Verwandte und Bekannte nach so einem Ereignis die junge Mutter besuchten. Dieses so genannte „Weißen" war mit einem Geschenk, meist einem Strampelhöschen oder dergleichen, für das Neugeborene verbunden. Kaum aber hatte die Helmensteiner Hexe das Haus wieder verlassen, so wurde erzählt, habe man nicht nur das unausgepackte Geschenk, sondern sogar das nagelneue Sofa, auf dem die unerwünschte Besucherin gesessen hatte, draußen im Garten verbrannt. Am nächsten Tag musste dann auch noch der Pfarrer mit seinem Weihwasserkessel vorbeikommen und das Zimmer aussegnen, ehe die Befürchtungen hinsichtlich möglicher Schadenszauber mehr oder weniger zerstreut waren.

Schulzeit

Bald begann auch für den kleinen Hansi die Schulzeit.

Wenn ein Kind in die Schule kommt, dann ist das nach dem Kindergarten die zweite wichtige Veränderung in seinem Leben. Von den erweiterten Möglichkeiten, die nähere Umwelt, das Dorf und die darin lebenden Menschen kennen zu lernen, war schon die Rede. Doch schon der erste Schultag brachte auch Ärger mit sich.

Freudig hatte man den „Erschtklässler" fesch angezogen und sogar die Haare beim Frisör Schmöger frisch schneiden lassen. Auf dem Rücken ein lederner Schulranzen mit Schiefertafel, Griffel und Schwamm und in der Hand eine große Schultüte, so ging es hinunter ins Dorf.

Außer der Mutter waren auch die Oma und deren zweite Tochter Ingrid dabei, als man vor der Schule zu Erinnerungsfotos Aufstellung nahm. Neugierig musterte der kleine Hansi die Mitschüler, konnte aber bald erkennen, dass er die meisten ja schon vom Kindergarten her kannte. Im Klassenzimmer setzte sich der Schüler Hansi in die erste Bank, was er nicht bereuen sollte, war er doch so ganz nahe am Geschehen und vor allem auch bei der Lehrerin, dem Fräulein Lutz, das er recht gerne mochte und zwei Jahre lang als Klassenlehrerin haben sollte.

Der Ärger begann mit der Hausaufgabe. Schon am ersten Tag sollten die neuen Schüler zuhause auf ihre Tafel Gangstöcke schreiben, eine erste Übung zum Erlernen des kleinen „n" oder „m". Dank seinem großen Bruder Richard, der jetzt in die dritte Klasse ging, hatte der Hansi natürlich den Vorteil, bereits umfassend über schulische Gepflogenheiten informiert zu sein. Und so schimpfte er noch den ganzen Nachhauseweg über die Ungerechtigkeit in dieser Welt: „Am erschte Dag scho a Hausaufgab – des sollt's ite gebe!" Trotzdem hat er dann die gestellte Aufgabe gewissenhaft erledigt, wie er überhaupt die ganze Grundschulzeit ein guter und lerneifriger Schüler blieb. Die Süßigkeiten in der Schultüte, ein paar Guatsle, eine Tafel Schokolade und sogar eine kleine Schachtel mit Pralinen, waren schließlich doch wichtiger als die Ungerechtigkeit der ersten Hausaufgabe.

Immerhin gab es solche Leckereien nur ganz selten, die nächsten Pralinen zum Beispiel erst zur Erstkommunion in der dritten Klasse.

Vor der Lechbrucker Schule

Der Kaugummi

Auch Kaugummis waren zu jener Zeit eine große Besonderheit für die Kinder. Zwar gab es schon den ein oder anderen Automaten im Dorf, aus dem einen bunte runde Kugeln anlachten. Nur selten aber hatten die Kinder das notwendige Zehnerl, das man in einen Schlitz stecken und dann durch das Drehen eines Handgriffs nach rechts in den Automaten befördern musste, um am unteren Ende des Behälters hinter einer kleinen Klappe eine Kaugummikugel entnehmen zu können. Hatte man aber einmal genug Geld für so eine Köstlichkeit, dann wurde sie bestimmt den ganzen Tag über im Mund behalten, auch wenn schon bald von dem süßen Geschmack nichts mehr übrig war.

In der Schule war Kaugummikauen selbstverständlich verboten.

Einmal hatte der Hansi, er war gerade ein Zweitklässler geworden, ein Zehnerl in seiner Hosentasche, das er auf dem Schulweg in den Automaten steckte. Mit Genuss kaute er die so erworbene Kugel und als der Unterricht begann, wollte er seinen Kaugummi noch lange nicht wegwerfen. Also versteckte er das wertvolle Stück unter der Zunge. Doch so ein Schulvormittag ist lang und so ein Kaugummi will geknetet und gekaut sein.

Wahrscheinlich ohne dass er es merkte, begannen seine Kauwerkzeuge von selber irgendwann automatisch ihre Arbeit. Dies bemerkte aber bald die Lehrerin. Es setzte eine Ermahnung mit der Aufforderung den Kaugummi in den Mülleimer zu spucken. Mit hochrotem Kopf und unter dem Getuschel der Mitschüler ging der ertappte Sünder vor zum Mülleimer, der unter dem Waschbecken neben der Klassenzimmertüre stand. Doch im letzten Augenblick kam dem Hansi die Idee, das Ausspucken nur vorzutäuschen und den wertvollen Kaugummi doch wieder unter der Zunge zu verstecken.

Zunächst wurde dieser Betrug nicht entdeckt, doch nur wenig später gewann das Kaubedürfnis erneut die Oberhand. Ein zweites Mal, und diesmal schon recht heftig, wurde der Hansi vom Fräulein Lutz gemaßregelt. Doch erneut versuchte er den Trick des nur vorgetäuschten Ausspuckens.

So wurde der normalerweise recht brave Schüler ein drittes Mal beim Kaugummikauen erwischt und diesmal setzte es eine äußerst harte Strafe. Die Lehrerin packte den ungewohnt aufsässigen Zweitklässler und zerrte ihn schimpfend zu einem Kollegen in die achte Klasse, wo er zur Strafe einen längeren Text aus dem Lesebuch abschreiben musste. Das Schlimmste bei der ganzen Sache war aber die Angst vor dem Achtklasslehrer. Der Lehrer Krösa, der wegen einer Kriegsverletzung humpelte, war nämlich unter den Schülern gefürchtet und von den großen Buben wusste man aus so manchem Pausengespräch, dass es bei ihm immer mal wieder heftige Schläge setzen konnte. Aber außer dass er ein paar drohende Worte in Richtung Hansi bellte, verschonte der Lehrer den Delinquenten.

Danach gab es noch das Problem mit den Eltern. Den Bruder Richard verpflichtete der Hansi noch während der großen Pause, die man gegenüber dem Schulhaus auf dem Fußballplatz und unter den zwischen Spielfeld und Straße wachsenden großen Birken verbrachte, zum Stillschweigen. So musste er nur noch hoffen, dass die Mutter nicht so schnell der Lehrerin über den Weg laufen würde. Er hatte auch damit Glück und es kam nichts von seiner großen Missetat heraus.

Noch Wochen später aber wurde er immer wieder an das Vorkommnis erinnert. Damals fuhren die Lechbrucker Kinder im Sommer, wenn ihnen der Lech als Badegewässer langweilig geworden war, mit dem Radl über die Lechbrücke hinüber, durch den Ortsteil Gründl nach Prem. Dort war durch das Aufstauen eines Moorbachs das „Premer Bad" entstanden, wo sich Schulkinder aller Alterstufen trafen. Die großen Achtklässler hänselten den kleinen Hansi wochenlang mit seiner Kaugummigeschichte und fragten immer wieder: „Hoscht heit koin Kaugummi derbei?"

Da war es dann doch gut, dass die Eltern, die im Sommer am Wochenende ebenfalls gerne zum Baden gingen, immer über den Falchen hinweg zum Schmuttersee bei Sameister wanderten und nicht das Premer Bad aufsuchten.

Am Metzgerberg

Der Metzgerberg hat seinen Namen vom dort angesiedelten Metzgerwirt, wo die Schütz-Buben am Sonntag nach der Elfermesse regelmäßig einkehrten. Dort verbrachte nämlich ihr Vater den Sonntagvormittag beim Schafkopfen.

Meist mussten die Kinder eine Zeitlang warten, bis die Spieler mindestens noch eine letzte Runde ausgespielt hatten. Den Buben war das gar nicht so unrecht, gab es doch damit die Gelegenheit, beim Kartenspiel zuzusehen und so ganz nebenbei auch das ein oder andere Mal an der Radlerhalben des Vaters mitzutrinken – ein Genuss, der sonst kaum möglich war. Und zusammen mit dem Vater, der als vorsichtiger Kartler meist von einem mehr oder weniger guten Gewinn zu berichten hatte, ging man dann gemeinsam heim zum Falchen und zum Sonntagsessen.

Im Winter bot der Metzgerberg für die „Schualer" manchmal ein ganz besonderes Vergnügen. Wenn es kalt genug und der Berg vom festgefahrenen Schnee eisglatt geworden war, konnte man wunderbar auf dem ledernen Schulranzen sitzend die steile Straße hinabrutschen, wobei man mitunter ein Höllentempo entwickelte. Das war aber nicht schlimm, denn am Fuß des Berges, wo sich die Straße in die Untere Dorfstraße nach links und die Flößerstraße nach rechts teilt, führte genau in der Mitte der Gabelung eine steile Hofauffahrt zur Tenne des Schmiedgebäudes. So wurde die rasende Fahrt auf den Schulranzen auf ganz natürliche Weise wieder abgebremst.

Eines Tages im Sommer stand der Erstklässler Hansi nach der Schule unten am Metzgerberg und überlegte, wie er seinen Nachhauseweg von dieser Stelle aus fortsetzen sollte. Da kam mit ohrenbetäubendem Lärm ein amerikanischer Militärkonvoi den Berg herunter. Den Radau machte ein riesiger Panzer, der mitten unter den Jeeps und Lastkraftwagen fuhr. Mit weit aufgerissenen Augen staunte der Hansi über diese Sensation. Bald staunte er aber noch mehr über einen schwarzen Soldaten, der oben aus dem Turm des Panzers herauslugte. Der kleine Hansi winkte dem Soldaten und dieser reagierte, indem er ihm grinsend etwas Rundes, in Staniolpapier Eingewickeltes zuwarf. Wie groß waren Überraschung und Freude, als der kleine Hansi die Verpackung aufriss und feststellte, dass das runde Ding aus Schokolade bestand.

Ein oder zwei Jahre später war der Metzgerwirt Anlass für einen Schulaufsatz und ein Bild im Kunstunterricht. Eines Nachts hatte das Gebäude nämlich gebrannt und die Schulkinder standen in der Früh auf ihrem Schulweg noch lange am Metzgerberg herum und sahen den Feuerwehrleuten bei ihren Aufräumarbeiten zu.

Soldaten

Soldaten konnte man danach immer öfter im Dorf und in der Umgebung sehen, bald schon auch solche der neuen Bundeswehr. Vom Haus am Falchen aus erspähte der kleine Hansi häufig auf der anderen Seite des Lechs hinter Prem Militärflugzeuge, aus denen Fallschirmspringer ausstiegen und langsam an ihren Schirmen zu Boden schwebten. Die ersten dieser Absprünge empfanden die Leute am Falchen noch als großes Ereignis und liefen aufgeregt zusammen, um das neuartige Geschehen drüben beim Übungsgelände „Sauwald" zu beobachten und heftig zu diskutieren. Doch schon bald wurde es zur Routine und die immer häufiger werdenden Übungssprünge nahm kaum mehr jemand zur Kenntnis, es sei denn, es gab Gerüchte über einen Unfall wegen eines nicht aufgegangenen Fallschirms, was immer wieder einmal vorkam.

Doch nicht nur die Fallschirmspringer aus der nahe gelegenen Fallschirmspringerschule in Altenstadt gehörten bald zum Alltag im Flößerdorf Lechbruck. Auch andere Militärgruppen nutzten die Gegend. So wurden am oberen Lech und in seinen Auen öfter Übungen abgehalten. Einmal kam ein versprengter Trupp Soldaten zum Bärebauer, und kaum hatten die Buben das mitbekommen, schon waren auch sie neugierig auf dem Hof des Bauern erschienen. Die Soldaten hatten den Auftrag sich über den Lech zu einem Sammelpunkt ihrer Truppe bei Prem durchzuschlagen, konnten aber die einzige dazu mögliche Gelegenheit, nämlich die Lechbrücke nicht passieren, weil dort die Gegenpartei eine Sperre mit strengen Kontrollen eingerichtet hatte.

Der Bauer aber war hilfsbereit, holte seinen „Bulldog" aus der Tenne, hängte einen gummibereiften Wagen an, auf den sich die Soldaten bäuchlings legten und von einer großen Plane zudecken ließen. Die Falchenbuben durften vorne auf dem „Bulldog" mitfahren und so schmuggelten sie zusammen mit dem Bauern die versteckten Soldaten an der Militärkontrolle vorbei über die Lechbrücke Richtung Prem.

Ein anderes Mal hatten die Kinder nicht nur ein spannendes Erlebnis mit den übenden Soldaten, sondern sogar ein richtig gewinnbringendes: Beim Spielen in den Lechauen nämlich waren sie wieder einmal auf einen größeren Trupp amerikanischer Soldaten gestoßen. Scheu und trotzdem neugierig hielten sie zwar gebührenden Abstand zu deren Lager, beobachteten aber auf das genaueste, was da so alles vor sich ging. Besonders interessant fanden sie, dass die Soldaten vor ihrem Abmarsch im tiefen Sand ein Lebensmittellager anlegten, weil sie offensichtlich planten, an diesen Ort zurückzukommen. Am nächsten Tag waren die Soldaten weg und damit die Luft für

Das Flößer-Denkmal auf der Lechbrücke

die Falchenbuben rein. Die Stelle, wo die Lebensmittel vergraben worden waren, war schnell lokalisiert, und schon buddelten die Kinder eine ganze Menge Konserven aus, die sie unter sich aufteilten und dann stolz nach Hause brachten. Ein seltsam dunkles, trockenes und hartes Vollkornbrot kam da zum Vorschein, Dosen mit der dem Hansi schon bekannten runden Schokolade und vor allem mehrere Sorten Fertiggerichte, die seltsam fremdartig schmeckten. Die Soßen waren wohl auf Tomatenbasis, vielleicht schon mit Ketchup hergestellt worden, denn sie schmeckten doch ganz anders als die dünne Tomatenmarksoße, die man von einem öfters zubereiteten Nudelgericht der Mutter her kannte. Und auch das Fleisch in den Konserven schmeckte nicht so, wie man das von den heimischen Fleischgerichten gewohnt war. Statt der sonst bei der Brotzeit üblichen Käse- und Marmeladenbrote gab es danach ein paar Mal Brote mit Dosenfleisch, dem fremdartigen Corned Beef. Bald fand Hansis Mutter heraus, dass man dieses Corned Beef in Scheiben schneiden, panieren und dann als eine Art Kotelett-Ersatz in der Pfanne herausbacken konnte. Als es später solche Dosen recht billig auch im Lebensmittelladen gegenüber dem Postamt zu kaufen gab, führte das gelegentlich zu einer weiteren Ergänzung unseres Speisezettels.

Schlangen

Die Schulzeit verlief für den Hansi recht problemlos, auch wenn er in der dritten Klasse eine Lehrerin bekam, die ihm nicht so zusagte wie das Fräulein Lutz. Doch einmal gab es auch in diesem Schuljahr ein ganz besonderes Ereignis. Eine Schaustellertruppe war im Dorf aufgetaucht und hatte für die Schule eine Tierschau angeboten. So standen die Lechbrucker Schüler aufgeregt vor dem Schulhaus und bestaunten unter anderem ein Stachelschwein und mehrere südamerikanische Lamas, vor denen sie beträchtlichen Respekt zeigten. Denn sehr schnell machte die Geschichte die Runde, dass diese Tiere gerne auf Menschen spieen und zwar mit einer giftigen Spucke, von der man blind werden könne.

Später wurde die Vorführung im Klassenzimmer fortgesetzt. Hier zeigte man den Kindern, die mehr oder weniger verängstigt an der Rückwand aufgereiht standen, verschiedene Schlangen. Die Bänke hatte man dazu zur Seite geschoben und auf dem so entstandenen freien Platz ringelten sich bald verschiedene Schlangentiere, die aus Körben und Holzkästen hervorgezogen worden waren.

Zum Schluss fragte der Chef der Truppe, welcher Schüler den Mut habe, sich zwei bis drei Schlangen um den Hals legen zu lassen.

Bis auf ein Mädchen meldete sich zunächst niemand und tatsächlich wurden der tapferen Schülerin drei ausgewachsene Ringelnattern um den Kopf gelegt. Teils bewundernd, teils von Ekel geschüttelt schauten die anderen zu. Auch der Hansi hatte vor Schlangen einen Heidenrespekt, aber dann gab er sich doch einen Ruck. Um die Ehre der Buben zu retten, meldete auch er sich für die entsprechende Vorführung. Da stand er nun in der Mitte des Klassenzimmers mit drei langen Schlangen um den Hals, die direkt vor seinem Gesicht ihre Köpfe nach oben streckten und vor seinen Augen mit ihren gespaltenen Zungen züngelten. Heilfroh war er, als die Tiere endlich wieder in ihrem Korb verstaut wurden.

Aber nach der Schule war er ein Held und erzählte natürlich nichts von seinen Ängsten und Qualen, sondern erklärte immer wieder großspurig, dass doch gar nichts dabei sei, sich so mit den Schlangen einzulassen. Schließlich habe er ja auch sonst oft im Wald oder am Lech unten mit Schlangen zu tun, da aber mit richtig giftigen wie zum Beispiel der tödlichen Kreuzotter.

Dass Kreuzottern gerade in den Lechauen recht häufig waren, stimmte schon. Aber wenn der Hansi einmal eine sah, die sich auf einem Kieshaufen sonnte, dann machte er doch einen großen Bogen um die Stelle. Immerhin wusste man nicht nur durch die Warnungen der Eltern von deren Gefährlichkeit, sondern hatte auch eine ältere Frau gekannt, die beim Beerenpflücken am Falchen von einer Kreuzotter gebissen worden und daran gestorben war.

Auch die harmlosen Ringelnattern, die man an den gelben Backenflecken sehr gut von den Giftschlangen unterscheiden konnte, mochte der Hansi nicht. So mutig wie seine Tante Ingrid, die jüngere Schwester seiner Mutter, war er keineswegs. Die nämlich war beim Baden im Schmuttersee nicht wie alle anderen schreiend und kreischend aus dem Wasser gelaufen, als dort einmal eine riesige Natter aus dem Schilfgürtel hervorschwamm. Die Ingrid rannte nicht davon, sondern schwamm dem Tier mit kräftigen Zügen hinterher und trieb es weit hinaus in den See.

Vom Vater wusste der Hansi, dass Ringelnattern in den Kellern des ehemaligen Klosters Steingaden recht gern gesehen wurden. Dort nämlich, wo die Firma Hindelang ihren Käse reifen ließ, verspeisten sie die Mäuse oder gar Ratten, die durch die verzweigten unterirdischen Rohre der Abwasserkanäle vom Dorfbach her in die Keller gelangt waren. So standen die Ringelnattern sogar unter dem besonderen Schutz der Geschäftsleitung und es war verboten, den Tieren, die die entsprechenden Keller sicher wegen der verschütteten Milch aufsuchten, etwas anzutun.

Nicht nur Hansis Vater nutzte sie jedoch gern für gelegentliche Scherze. So konnte es schon einmal passieren, dass ein Neuling im Betrieb in den Gummistiefeln, die in der Umkleide bereitstanden, eine Ringelnatter fand. Manchmal wurde auch eine der vielen Frauen, die in der Käserei oder im Packraum beschäftigt waren, mit einer Schlange erschreckt.

Als der Hansi nach seinem großen Schlangenerlebnis damals von der Schule nach Hause gekommen war, erzählte er der Mutter natürlich sofort brühwarm von seiner Heldentat. Die Mutter aber war entsetzt und rief: „Ja graust's di denn vor gar nix! Pfui Deifel, jetzt aber nix wia's Hemad ra und dr Hals und d'Händ g'wäsche!"

Erzieherische Maßnahme

Auch in der vierten Klasse – sein Klassenlehrer war der Rektor Kneitinger – hatte der Hansi ein unvergessliches Erlebnis. Zimperlich ging der Lehrer vor allem mit den Buben nicht um. Besonders wenn er glaubte, dass einer mit Absicht den Unterricht störte, konnte er nicht nur laut, sondern auch einmal handgreiflich werden.

Natzeders Karl-Bernhard war so einer, bei dem man manchmal nicht genau wusste, ob er etwas nicht kapiert hatte oder ob er wieder einmal ganz bewusst den Klassenkasperl machte. So eine Situation ergab sich einmal beim Leseunterricht. Der Karl-Bernhard las nicht das, was da im Lesebuch stand, sondern erweiterte seinen Text immer wieder durch unsinnige Ergänzungen, die zwar die Schüler, aber keineswegs den Lehrer zum Lachen brachten. Nach mehreren Ermahnungen, die aber fruchtlos geblieben waren, packte den Lehrer Kneitinger ein heiliger Zorn. Er schnellte hinter in die dritte Bank und ehe der verdutzte Schüler wusste, wie ihm geschah, hatte er ihn schon am „Krawattel" gepackt, aus der Schulbank gezogen und mit kräftigem Schwung nach vorne geschleudert. Der Delinquent konnte nicht mehr rechtzeitig anhalten und krachte mit ungebremster Wucht mit dem Kopf voran in die Tafel hinein. Der Aufprall war so hart, dass die Tafel danach quer von oben links bis zur unteren Mitte einen Sprung hatte.

Dem Karl-Bernhard aber war im Gegensatz zur Tafel wenig passiert. Zumindest saß er am nächsten Tag zu unser aller Überraschung schon wieder, wenn auch nicht ganz so frech wie üblich, grinsend in der Klasse. Doch noch vor Unterrichtsbeginn erschien seine lauthals schimpfende Mutter, die Natzeder

Rosl, in der Schule. Die hatte aber keine Beschwerde zu über-
bringen, nein ganz im Gegenteil, zu ihrem Sohn hin schimpfend bestärkte sie noch den Rektor und rief: „Dem Hundsbua,
dem schad's ite, wenn ar amol a g'hörige Watschn derwischt!
Vo mir aus derfet d'r ruhig a baar mol öfter zuahaue!"

Die Beerdigung

In jene Zeit fällt auch ein Todesfall in der Nachbarschaft, der die beiden Schütz-Buben nachhaltig beeindrucken sollte, immerhin hatte man bis dahin mit Tod und Sterben nicht direkt etwas zu tun gehabt.

In dem Mehrfamilienhaus, das mittlerweile hinter dem Haus auf der anderen Straßenseite am „Bergblick" entstanden war, wohnte auch ein älteres Ehepaar, das nach Lechbruck gezogen war, um hier im schönen Allgäu seinen Lebensabend zu verbringen. Die Mettkes waren sehr nette und freundliche Leute.

Nur einmal schaltete sich Herr Mettke ein, als die Kinder eines Sommers für ein neues Spiel die große Wiese zwischen „Bergblick" und der Rehfütterungsstelle am Waldrand entdeckt hatten, wo nicht mehr gemäht wurde und das Gras deshalb besonders hoch stand.

Die Buben und Mädchen waren nämlich auf die Idee gekommen, bäuchlings durch die Wiese zu robben und dabei das hohe Gras zu Boden zu drücken, sodass von außen kaum sichtbare, irrgartenähnliche Wege entstanden. Ein wunderbares Versteck, dessen netzartige Anordnung immer weiter gesponnen wurde, bis der Herr Mettke, der auf seinem Balkon auf höherer Warte stand und die Wiese gut einsehen konnte, dem Treiben ein Ende bereitete.

Nachbar Mettke erlitt eines Tages einen Schlaganfall. Der Arzt wurde gerufen und kurz darauf musste der Hansi schnell mit dem Radl ins Dorf hinunterfahren, um aus der Drogerie medizinische Hilfsmittel für den jetzt bettlägerigen Mann zu holen. Wenige Tage später verstarb der Nachbar und selbstverständlich brachte sich die gesamte Nachbarschaft in die Vorbereitung und Durchführung der Beerdigung ein.

In Lechbruck gab es damals für die Überführungen in den Friedhof noch einen Leichenwagen, vor den schwere schwarze Kaltblutpferde gespannt waren. Und so zog nun der Trauerzug vom „Bergblick" aus hinunter ins Dorf. Vornweg ging der Pfarrer flankiert von zwei Ministranten und hinter ihm marschierten Hansi und sein Bruder Richard, die als Nachbarskinder den Auftrag hatten, abwechselnd das Sterbekreuz mit dem schwarzen Trauerflor zu tragen. Dann folgten die beiden Rappen, mit schwarzen Decken behangen, und zogen den dunklen Wagen, dessen eisenbeschlagene Räder auf dem Kiesweg knirschten. Der Wagen war ebenfalls ganz in Schwarz gehalten. Er hatte an allen vier Ecken gedrechselte Pfosten, auf denen das baldachinartige Dach befestigt war, und darunter lag der schwere Eichensarg mit dem Verstorbenen.

Hinter dem Leichenwagen folgte die Verwandtschaft und die ganze Nachbarschaft in Trauerkleidung und betete den Rosenkranz.

Dieser Zug hinunter ins Dorf beeindruckte die beiden Schütz-Buben nachhaltig, er blieb ihnen lang im Gedächtnis.

Der Bretterdiebstahl

Die Schulzeit verging. Doch am wichtigsten waren den Falchenkindern die Ferien, vor allem die großen, wenn man von früh bis spät draußen sein konnte und die schöne Umgebung, den Fluss und die Wälder, so richtig auskosten konnte.

In den Sommerferien gab es einmal großen Ärger mit dem Bauern vom Unteren Kuchar. Unter der Führung von Kartmanns Titi hatte man in einem Feldstadel des Landwirts einen größeren Vorrat frisch geschnittener langer Bretter entdeckt. Da man gerade ein Baumhaus an der Zackelhalde plante, glaubten die Buben eine ideale Materialquelle gefunden zu haben.

„Dös merkt d'r Kuchar nia, wenn bei däm groaße Haufe a baar Drümmer fehlet!"

So lautete die beruhigende Parole. Schon bald hatten die Kinder mehrere der dicken Bretter zur Zackelhalde geschafft, wobei sie natürlich einen großen Bogen um den Unteren Kuchar machten. Am Ziel wurden die Bretter mit einer Säge auf die richtige Länge zurechtgeschnitten und dann mit einem Seil auf eine Fichte hinaufgezogen, die für ein Baumhaus besonders geeignet erschien.

Bald war die Arbeit getan und die Buben hatten einen wunderbaren Ausblick von der Kante der Zackelhalde aus über das Lechtal hinweg bis zu den nahen Trauchgauer und Ammergauer Bergen. Der Platz war auch so geschickt gewählt, dass man sowohl den Fußweg als auch die Fahrstraße zwischen Lechbruck und Helmenstein bestens beobachten konnte. So weit, so gut.

Nachdem die Falchenbuben einige Tage lang ihre neue Errungenschaft ausgiebig genutzt hatten, flog alles auf. Der Kucharbauer, der Franz, hatte den Bretterdiebstahl eben doch bemerkt und war eines Abends, als die Kinder schon wieder zuhause waren, einem sofortigen Verdacht folgend zur Zackelhalde gegangen. Denn dort hatte er schon seit Tagen die Kinderbande herumtoben sehen. Am Tag darauf kam der Franz dann schimpfend zum Falchen herüber und beschwerte sich über die „schädigen" Kinder. Und so kam es, dass diese am Abend zusammengerufen wurden. Auch der Rädelsführer Titi hatte in der Wohnküche der Familie Schütz zu erscheinen und alle mussten ein kräftiges Donnerwetter über sich ergehen lassen. Der Schaden war zwar nicht mehr gut zu machen, aber die Missetäter verpflichteten sich, am nächsten Tag bei dem Geschädigten anzutreten, um sich zu entschuldigen und Abbitte zu leisten.

Der Kuchar Franz und seine Frau, die Irma, hörten sich die Entschuldigungen an, und so unwohl den Buben zunächst gewesen war, so merkten sie doch bald, dass der Zorn des Bauern bereits weitgehend verraucht war. Am Schluss brummelte er versöhnlich etwas von genug alten Brettern, die man von ihm beim nächsten Mal erhalten könne, man müsse ja nicht gerade die wertvollen neuen hernehmen. Es ist gut möglich, dass die Kuchars am Abend schon wieder kräftig über die Lausbuben vom Falchen drüben gelacht haben.

Auf diesem Hof waren die Falchenkinder eigentlich immer willkommen gewesen und sie hatten nie das Gefühl, im Weg umzugehen. Besonders schön zum Spielen war es in der Tenne des Hofs. Die war zwar nicht zu vergleichen mit den Ungetümen von Bergehallen, die heute auch noch das letzte schöne Allgäuer Bauernhaus zu erdrücken drohen, sie enthielt aber doch einen stattlichen vielstufigen Heustock. Dort haben der kleine Hansi und die anderen Kinder über viele Jahre hinweg „heuhupfen" dürfen, ein Spiel, bei dem man die unterschiedlichen Höhen der Heustöcke für verschiedene Sprung- und Rutschübungen nutzen konnte. Auch Höhlen und Gänge ließen sich in so einen Heustock graben. Nach solchen Spielen betrachtete man besonders erstaunt die kräftigen Schmutzspuren, die der Heustaub beim Schnäuzen in den Stofftaschentüchern hinterließ.

Ärger

Probleme gab es gelegentlich mit dem Bärebauer, der sein Anwesen am Helmensteiner Fußwegle hatte, näher beim Falchen als alle anderen. Zum einen hatte er ein großes Kartoffelfeld, das den kleinen Hansi und seine Spielkameraden im Herbst immer wieder zu dem ein oder anderen Raubzug veranlasste.

Der Acker lag äußerst günstig, sodass man sich durch das Höllbächle und dann einen steilen Hang hinauf recht gut anschleichen konnte. Nach nur wenigen Metern konnte man schon die Knollen aus dem Boden graben und sogleich mit einer Handvoll wertvoller Beute wieder im angrenzenden Dicicht verschwinden. Weiter weg, auf der anderen Seite des Baches Richtung Waldrand waren die Kinder bereits so gut verborgen, dass sie gefahrlos ein Feuer anzünden konnten. Die Kartoffeln wurden dann später in die Glut gelegt und mit Haselstecken wieder herausgefischt. Mit schwarzen Händen, schwarzen Mündern und schwarzen Zungen saßen die Strauchdiebe dann stolz ob ihres Raubzuges ums Feuer herum und planten schon den nächsten Überfall.

Die Kartoffeldiebstähle alleine wären für den Bärebauer sicher noch kein Grund gewesen, mit den Falchenkindern nicht gut auszukommen. Einerseits merkten die Kinder, dass man sich von seinem Hof lieber fernhielt, andererseits reizte er sie zum Ärgern. Wenn sich eine Gelegenheit bot, nutzten sie sie. So trieben die Kinder eine ganze Zeitlang ein böses Spiel mit dem armen Bärebauer.

Wenn er auf dem großen, flachen Feld vor seinem Haus bei der Arbeit war, dann stellten sich die Kinder hin und riefen laut und frech „Bärebauer, Bärebauer!" Und je näher man sich dem Gerufenen zu nähern wagte, desto mutiger kam man sich vor. Wütend lief der Bauer dann auf die Kinder zu, was ihm aber sichtbar Mühe bereitete, denn er hatte eine Gehbehinderung und konnte so die flinken Spötter nicht einholen, die am Ende des Feldes mit einem Sprung hinunter ins Bachtal spurlos im Gebüsch verschwanden.

Einmal kam der verärgerte Bärebauer abends herüber zum Haus der Familie Schütz und beschwerte sich bitter über „die Hundsbuaba". Das Fass zum Überlaufen gebracht hatten einige Nägel, die in seine Fichten am rechtsseitig vom Höllbächle gelegenen Waldrand geschlagen worden waren. Neben den Kartmannskindern Feli und Titi wurde sogar noch ein weiterer Bub geholt, der unterhalb der Wasserreserve bei der Einmündung der Bergblickstraße in die Falchenstraße wohnte und damals öfter zu uns zum Spielen herüberkam.

Die heftig Beschuldigten beteuerten alle, mit den Nägeln in den Bäumen nichts zu tun zu haben und bald schon fiel der Verdacht auf die Ferienkinder, die oben am Falchen in einem Kinderheim untergebracht waren. Allerdings kamen auch zahlreiche sonstige Missetaten zur Sprache und da half natürlich kein Leugnen.

Zum Glück war damals aber gerade die Suiter-Oma zu Besuch und die kannte den Bärebauer schon lange recht gut, wahrscheinlich schon seit gemeinsamen Schulzeiten. Auf alle Fälle konnte die Oma dem erzürnten Bauern zunächst einreden, dass das Ganze doch gar nicht so schlimm, man doch selber auch einmal jung gewesen sei und auch so manches Mal über die Stränge geschlagen habe. Bald entwickelte sich zwischen den Erwachsenen ein immer lustiger werdender „Hoagarte", ein zwangloses Gespräch über die guten, alten Zeiten, und die Kinder konnten sich unbemerkt in den Garten verdrücken und wieder unbesorgt Fangerles und Federball spielen.

Konkurrenz

Das weiter oben am Falchen gelegene Kinderheim, eine Art Ferien- oder Erholungsstätte für Stadtkinder, wurde in den fünfziger und sechziger Jahren von einer Münchner Großfirma genutzt. Gelegentlich kamen Gruppen dieser Ferienkinder auch den Hang herunter in das Höllbachtal oder gar bis zum Lech und störten dann die ansonsten konkurrenzlosen Ferien- und Freizeitbiotope der Kinder vom „Bergblick". Da die Gruppen aber nie besonders lange blieben und immer wieder durch Neuankömmlinge abgelöst wurden, kam es weder zu Freundschaften noch zu länger anhaltenden Auseinandersetzungen mit den Stadtkindern. Im Wesentlichen beobachtete man die Fremden misstrauisch und hoffte, dass der offensichtlich strenge Stundenplan im Ferienheim mit genauen Essens-, Mittagsschlaf- und Abendzeiten größere Beeinträchtigungen schon verhindern würde.

Einmal allerdings ergab sich doch eine Rauferei mit einer Gruppe von Ferienkindern. Es ging um den Zugang zum Bach. Das Eintreffen von zwei Kinderfräulein beendete jedoch den Kampf schnell und die „Sommerfrischlar" trollten sich mit ihren Begleiterinnen den Berg hinauf, was die Falchenkinder als ruhmreichen Sieg feierten.

Wesentlich heftigere Auseinandersetzungen gab es eine Zeitlang in Lechbruck zwischen den Kindern der beiden Ortsteile. Mit der Zeit steigerten sich diese Auseinandersetzungen, die mit kleineren Raufereien begonnen hatten, zu einem regelrechten Kleinkrieg zwischen dem Oberen und dem Unteren Dorf.

Eines Sommers rotteten sich eine ganze Reihe von Unterdörflern mit Stöcken, Holzschwertern und zu Schilden umgebauten Verkehrszeichen und Reklametafeln zusammen, um lechaufwärts zu einem vorher ausgemachten Kampf gegen die vom Oberen Dorf anzutreten. Der kleine Hansi war damals im Gegensatz zu seinem Bruder Richard noch zu klein, um in die Reihen der Kämpfer vom Oberen Dorf aufgenommen zu werden. Aber mit Bewunderung hörte er die martialischen Reden der Anführer, von denen einer auch Kartmanns Rolf war. Wenigstens durften die kleineren Kinder bei den Kampfvorbereitungen mithelfen und Schwerter schnitzen oder geeignetes Material für Schutzschilde zusammensuchen, wobei man die Reklame- und Verkehrsschilder selbstverständlich nur auf feindlichem Territorium entwendete.

Die eigentliche Schlacht fand dann aber zu weit vom Falchen entfernt statt, nämlich vor und in einem großen Feldstadel, sodass der Hansi nur durch Erzählungen von der Keilerei erfuhr. Die vom Oberen Dorf waren in der Minderzahl und zogen sich in den Oberboden des Stadels zurück. Immer wieder versuchten die vom Unteren Dorf, angeführt von einem berüchtigten Rabauken namens Kneese, den Stadel zu erstürmen. Jedes Mal aber hagelte es Zaunpfähle, die dort oben gelagert waren, und das zwang sie zum Rückzug. Schließlich kam es zu Verhandlungen und man beschloss die Sache mit einem Zweikampf der beiden Anführer zu entscheiden. Kartmanns Rolf, so berichtete anschließend Hansis Bruder Richard, habe dabei die Oberhand behalten und – wie vereinbart – sei der feindliche Trupp schließlich murrend und Rache schwörend, wieder abgezogen.

Klausengehen

Ebenfalls sehr rabiate Züge nahm um diese Zeit der Brauch des „Klausengehens" an. Am Vorabend des Nikolausfestes, das am 6. Dezember gefeiert wird, kam bei den kleinen Kindern traditionsgemäß der heilige Nikolaus, um aus seinem Goldenen Buch die dort verzeichneten guten und auch bösen Taten vorzulesen und dann seine Gaben auszuteilen. Meist mussten die Kinder für dieses Ereignis ein Verslein oder ein Lied vortragen. Wer ein Instrument lernte, der durfte (oder musste) auch etwas vorspielen. Als Gehilfen hatte der Bischof Nikolaus den Knecht Rupprecht dabei, der nicht nur den schweren Sack zu tragen hatte, sondern auch eine Rute mit sich führte. Die konnte bei entsprechenden Verfehlungen, die anhand der Aufzeichnungen im Goldenen Buch zur Sprache kamen, schon einmal mehr oder weniger heftig einen kleinen Sünder treffen.

Vor diesem Knecht Rupprecht hatte auch der kleine Hansi einen Heidenrespekt, gab es doch immer irgendwelche Missetaten, von denen man sicher war, dass die Eltern sie nicht erfahren hatten.

„I hau koi Angscht vor am Nikolaus!", rühmte man sich noch in den ersten Adventstagen, wurde am 5. Dezember aber deutlich stiller. So steigerte sich am Nikolausabend mit zunehmender Dunkelheit einerseits die Befürchtung, es könnten unangenehme Dinge zur Sprache kommen. Andererseits stieg die Vorfreude auf die zu erwartenden Geschenke.

Es gab am Nikolaustag immer die ersten Orangen oder Mandarinen, selbstverständlich auch verschiedene Nüsse und einen Lebkuchen-Nikolaus, dessen Vorderseite aus Papier man vorsichtig ablöste, um dann noch lange das Bildchen des heiligen Bischofs im Nachtkästchen aufzubewahren. Das größte Geschenk aber waren im Hause Schütz regelmäßig gestrickte Wollhandschuhe und oft auch warme Hausschuhe für den kommenden Winter. Der Nikolausabend war der erste Höhepunkt in der Adventszeit, die selbstverständlich mit einem Adventskranz und täglichem Singen von Weihnachtsliedern begangen wurde.

Der finstere Knecht Rupprecht sollte beim kleinen Hansi erst seinen Schrecken verlieren, als er, wohl schon ein Grundschüler, durch entsprechende Gerüchte seiner Klassenkameraden bereits verunsichert, die aufkommenden Zweifel dadurch bestätigt sah, dass die Stimme der Großmutter mütterlicherseits mitunter genauso wie die des Knecht Rupprechts klang.

Endgültig klar wurde dieser Zusammenhang einmal beim üblichen Samstagsbad. Am Samstag wurde der Waschkessel im Keller nicht zum Wäschewaschen geheizt, sondern zur Erwärmung des Badewassers, das mit einem großen Eimer in eine Zinkbadewanne umgefüllt wurde. Darin mussten sich die beiden Buben dann den Rücken schrubben und die Haare waschen lassen. Dabei war einmal die Oma gerade zu Besuch und wollte die Buben in der Wanne erschrecken. Dazu rief sie in rauem Ton irgendwelche drohenden Worte über die Kellertreppe hinunter und erwischte wohl den sonst am Nikolaustag verwendeten Tonfall. Und somit war auch dem kleinen Hansi alles klar: „Es gibt gar koin Kloas! Und's Chrischtkindle gibt's wahrscheinlich oh ite!"

Dafür wurde bald die vorher schon erwähnte brutalere Seite des Nikolausabends für den Hansi interessant. In der Nikolausnacht war es Brauch, dass sich junge Burschen als Knecht Rupprecht verkleideten und als „Kloasen" durch das Dorf zogen. Mit dicken, zotteligen Fellen, langen Bärten und Kapuzen unkenntlich gemacht, mit Ketten und Glocken lärmend und mit harten Ruten ausgestattet trieben sie ihr Unwesen. Auf ihren Streifzügen durch das Dorf klopften sie an Türen und Fensterscheiben und wenn sie jemanden im Freien antrafen, so musste der schon mit ein paar heftigen Schlägen rechnen. Diese wilden Knechte reizten aber auch den Teil der Dorfjugend, der sich nicht dem Kloasentreiben angeschlossen hatte. In kleinen Gruppen schlichen die größeren Kinder so durch das Dorf, um die Kloasen zu ärgern und ihnen Schimpfverse nachzurufen. Das war zunächst gar nicht so gefährlich, denn die verkleideten Gesellen hatten mit ihren schweren Mänteln und dem sperrigen Zubehör meist keine Chance, den flink davon springenden Gegnern nachzukommen. Um diese Nachteile auszugleichen, waren die Kloasen aber teilweise sogar mit dem Auto unterwegs oder rotteten sich zumindest in größeren Trupps zusammen, um die frechen Kinder in die Enge treiben zu können. Die wiederum bildeten ebenfalls größere Gruppen und entwickelten Strategien für sichere Rückzugsgebiete.

Diese Eskalation hat auch der Hansi noch mitbekommen. So erlebte er einmal, wie ein einzelner Kloas von einer größeren Gruppe Kloasenjäger beim Postamt gestellt und anschließend mit Schwung mitten in den großen Misthaufen des Goresse-Bauern befördert wurde. Ein anderes Mal wurde nach der Nikolausnacht berichtet, dass ein Kloas von seinen Gegnern sogar in den Lech geworfen worden war. Der soll dabei beinahe ertrunken sein, weil er sich mit seiner Verkleidung so schwer tat, wieder aus dem kalten, reißenden Fluss zu kommen.

Nie wird der Hansi vergessen, wie er zum ersten Mal, trotz des heftigen Widerstandes seiner Mutter, am Nikolausabend doch ins Dorf hinunter durfte. Dort traf er sich mit seinen Schulkameraden am Friedhof, um von dort aus auf Kloasenjagd zu gehen. Nach einigen relativ harmlos verlaufenen Begegnungen mit einzelnen Kloasen geriet er schon bald in der Flößerstraße in eine Falle. Von beiden Seiten brausten auf einmal Autos heran, bremsten ab und heraus sprangen jeweils mehrere dieser Furcht erregenden finsteren Gestalten. Ein Teil der Eingeschlossenen entkam gerade noch rechtzeitig über einen Seitenweg Richtung Lech hinunter oder sprang über Gartenzäune und durch Hofeinfahrten davon. Der kleine Hansi

hatte in der Aufregung etwas zu lange überlegt, welchen Fluchtweg er einschlagen sollte. Gott sei Dank aber gab es auch noch
ein paar andere Unerfahrene, die jetzt von den Kloasen einge-
kreist wurden und durchaus kräftige und schmerzhafte Hiebe
abbekamen. In dem Durcheinander bemerkte keiner der Unhol-
de, dass sich da einer vor Angst zitternd unter ein parkendes
Auto rollte und den Atem anhielt. Noch lange lag der Hansi in
seinem Versteck. Erst als weit und breit kein beunruhigendes
Geräusch mehr zu hören gewesen war, traute sich der tapfere
Kloasenjäger wieder aus seinem Versteck heraus. Die Lust nach
weiteren Abenteuern war ihm zumindest für diese Nacht ver-
gangen und auf Schleichwegen trollte er sich Richtung Falchen
aus dem Dorf hinaus.

In jener Nacht lag viel Schnee in Lechbruck und auf dem
Heimweg sprang der verängstigte Bub hinter dem Haus mit
dem Hausnamen „Turehäusle", von dem aus früher der Grenz-
fluss Lech kontrolliert worden war, noch zweimal mit einem
großen Satz von der Straße in ein Feld und grub sich tief in
den Schnee ein, weil ein Auto den Weg heraufkam.

Wer weiß, wer froher war, die Mutter oder er selbst, als
der Hansi unversehrt von diesem Abenteuer daheim ankam.

Schulwechsel

Im September 1962 kam es zu einer einschneidenden Veränderung im Leben des kleinen Hansi. Da er sich ähnlich wie Richard als sehr guter Schüler erwies, war schon länger klar, dass auch er, wie sein Bruder es zwei Jahre zuvor gemacht hatte, nach Füssen auf das dortige Gymnasium wechseln würde.

Der Vater war durchaus stolz auf die Leistungen seiner Kinder, aber der Schulwechsel auch des zweiten Buben kam ihm gar nicht so gelegen. Das hatte damit zu tun, dass die finanzielle Situation eines Arbeiterhaushalts zu Beginn der sechziger Jahre nicht besonders rosig war, und da taten die zusätzlichen Ausgaben für das Gymnasium schon recht weh. Vom Richard her wusste man ja, dass die tägliche Busfahrt nach Füssen trotz der Ermäßigung über eine Monatskarte eine erhebliche Belastung für die Haushaltskasse darstellte. Dazu kamen größere Ausgaben für Schulzeug und insbesondere die in Füssen geforderte Schulsportkleidung in den Stadtfarben schwarz und gelb.

So musste der Hansi sich gegen den Vorschlag wehren, doch erst noch auf der Dorfschule zu bleiben und erst nach der sechsten Klasse auf die Realschule zu wechseln. Für ihn war es selbstverständlich, dass er es seinem Bruder gleichtun wollte. Ein Besuch der Mittelschule wäre ihm als Herabsetzung und grobe Benachteiligung erschienen. Dazu war auch dem Viertklässler schon klar, dass das Gymnasium für später viel bessere Perspektiven bot und die wenigen Dorfkinder, die den Sprung ans Gymnasium schafften, schon ein besonderes Ansehen im Dorf hatten. Den Ausschlag für die Entscheidung gab vielleicht ein Vorkommnis, das vor allem die Mutter sehr empörte.

In einem kleinen Dorf bleibt ja kaum einmal etwas lange verborgen. Was in einem Zwiegespräch über andere geäußert wird, das macht dann doch sehr schnell die Runde und erreicht früher oder später auch die Person, über die geratscht worden war. So kam die Oma Schütz beim Einkaufen in Lechbruck der Metzgerin Härtle gegenüber einmal auf ihre Enkelkinder zu sprechen. In den höchsten Tönen lobte sie den Richard, der ja so gescheit und sicher einer der Besten auf dem Gymnasium sei. Über den kleinen Hansi aber glaubte sie weniger Gutes berichten zu müssen. Der sei zwar auch ein ganz guter Schüler, aber halt doch nicht gut genug. „Bei dem langt's wohl bloß für d'Mittelschual!" So lautete ihr Resümee.

Beim nächsten Einkauf darauf angesprochen, stieg der Mutter wohl die Zornesröte ins Gesicht. So weit käme es noch, dass man das Geschwätz der Schütz-Oma auch noch durch entsprechende Entscheidungen bestätigen würde. Von da an war sofort klar, was wahrscheinlich früher oder später sowieso beschlossen worden wäre: Auch der Hansi würde seine Schullaufbahn am Gymnasium fortsetzen.

Zunächst musste aber die Aufnahmeprüfung bestanden werden. Als der große Bruder zwei Jahre zuvor zu diesem dreitägigen Test nach Füssen gefahren war, hatten die Mutter und der Hansi diesen im Postbus begleitet. Deshalb hatte Letzterer noch die Räume der ehemaligen Oberrealschule in Erinnerung, wo sie damals den Richard abgeliefert hatten. Mittlerweile war für das Gymnasium neben dem Hotel Hirsch ein Neubau entstanden, wo sich die Kandidaten für die vorgeschriebenen Aufnahmeprüfungen einzufinden hatten.

So ganz wohl war es den Prüflingen nicht bei der Fahrt nach Füssen. Zum Glück hatte der Hansi einen kleinen Informationsvorsprung, weil er ja schon einmal zu einer Aufnahmeprüfung mitgefahren war, und außerdem war er nicht allein, denn sein großer Bruder und Kartmanns Buben waren auch dabei.

So fand er Zeit, auf der langen Busfahrt von Lechbruck nach Füssen ausgiebig die Landschaft zu studieren. Besonders freute er sich aber auf die Stadt. Füssen war damals noch nicht so ausufernd zersiedelt und von Wohn- und Gewerbegebieten umzingelt, wie das heute der Fall ist. Die Altstadt mit der Stadtmauer, dem Pulverturm, dem Kloster St. Mang und dem hoch oben thronenden Schloss bot noch einen fast ungetrübten mittelalterlichen Charakter.

Der lesefreudige Hansi hatte schon immer viel Interesse an geschichtlichen Themen gefunden und so war die Altstadt zunächst Anziehungspunkt für sein phantasievolles Interesse. Wie gut, dass da der Bus zurück nach Lechbruck erst um ein Uhr mittags ging, die Prüfungen aber schon zwei Stunden vorher abgeschlossen waren. So konnte er drei Tage lang ausgiebig durch die engen Gassen wandern, am Kloster vorbei zur Spitalkirche und dann über die alte Lechbrücke bis hinaus zum Mangfall, dem berühmten Lechdurchbruch. Oder er tauchte beim Pulverturm durch die alte Stadtmauer in das Gewirr von Gassen, die Schrannen-, Brunnen- und Reichenstraße hießen. Selbstverständlich besuchte er auch die Klosterkirche, den berühmten Totentanz und den hinter dem „Hohen Schloss" gelegenen Baumgarten, wo er in einigen alten Mauerresten noch das ehemalige römische Kastell Foetibus zu sehen glaubte.

Das alles gefiel dem kleinen Hansi ausgesprochen gut und er freute sich schon darauf, bald täglich hier in die Kreisstadt zu kommen, denn da würde es sicher noch viel zu entdecken und zu erforschen geben.

Zunächst aber galt es das Ergebnis der Aufnahmeprüfung abzuwarten und immer wieder rührten sich auch Zweifel, ob denn alles so gut wie eigentlich erwartet abgelaufen sei, bis endlich der ersehnte Brief mit der erlösenden Nachricht kam. Ab dem September 1962 war der kleine Hansi ein Gymnasiast.

Der neue Schulweg

Jetzt hieß es früher aufstehen, denn der Bus fuhr schon um halb sieben unten am Postamt ab. Eher zu früh schob einen die Mutter auf die Straße hinaus, meist mit eindringlichen Ermahnungen, ja nicht den Bus zu verpassen. Doch schon nach wenigen Metern blieben der Hansi und auch sein Bruder Richard stehen. Sie warteten auf den Titi, der wie sein großer Bruder Rolf ebenfalls zum Füssener Gymnasium fuhr. Doch der Titi brauchte meist am längsten und so konnte es durchaus passieren, dass die Kinder im Eilschritt Richtung Postamt laufen mussten, um den schon im Anfahren begriffenen Bus gerade noch zu erwischen.

Im Bus ging es meist recht lustig und mitunter sicher auch laut zu. Nicht alle Busfahrer konnten damit gleich gut umgehen. So mancher erwies sich als eher grantig und launisch. Kam es ganz schlimm, so konnte es schon einmal passieren, allerdings nur bei der Heimfahrt, wenn die Nerven schon viel länger strapaziert waren als während der Morgentour, dass der Fahrer entnervt anhielt, um den einen oder anderen Schüler, der ihm im Innenspiegel besonders aufgefallen war, vor die Türe zu setzen.

Auch der Hansi wurde einmal kurz nach der Kapelle St. Wendelin auf diese Weise an die frische Luft gesetzt. Besonders beeindruckte ihn dabei der ein Jahr ältere Notz Bobby, der, obwohl gar nicht dazu aufgefordert, aus Solidarität mit ausstieg.

„I bin o mit ausgschtiege, dass du it so alloa hoamganga muascht!", meinte der. Und so wanderten die zwei Buben die Straße entlang nach Lechbruck. Der Notz Bobby hatte seit diesem kameradschaftlichen Verhalten beim Hansi einen dicken Stein im Brett. Einige Jahre später wurden sie aufgrund einer so genannten Ehrenrunde des Bobby dann auch zu Klassenkameraden, verbrachten, auch als der Hansi gar nicht mehr in Lechbruck wohnte, viel Zeit miteinander, und machten gemeinsam im Jahr 1971 das Abitur.

Der so genannte „Schulbus" war eigentlich ein ganz normaler Linienbus der Bundespost, den aber in der Früh fast ausschließlich Schülerinnen und Schüler der Realschule Füssen, des Gymnasiums Hohenschwangau und des Gymnasiums Füssen nutzten. Einige Berufsschüler fuhren auch noch mit und die wenigen Erwachsenen saßen meist ganz vorne in der Nähe des Fahrers.

Für die Sitzplätze im hinteren Teil gab es eine genaue Rangordnung und wer sich nicht daran hielt, wurde streng bestraft. Trotzdem versuchten die Unterstufler immer wieder einen der besonders hoch geschätzten Sitze in der Fünferreihe ganz hinten im Bus zu ergattern. Wenn man Glück hatte, waren die Platzhirsche aus der Oberstufe, die dort ihre Sitzrechte besaßen, gnädig gestimmt und ließen einen zusätzlich mit auf die Bank. Hatte man aber Pech, so konnte es passieren, dass man quergelegt und mit Kitzeln oder auch durchaus schmerzhaften Schlägen traktiert wurde. Eine weitere Strafe bei Fehlverhalten war das „Unter-der-Bank-Fahren". Dabei wurde man mit kräftigen Schubsern und Tritten von den Großen unter eine Sitzbank gequetscht und musste dort unten stets von weiteren Fußtritten bedroht die lange Fahrt bis Füssen verbringen.

Im Füssener Bus war eine Zeitlang auch ein als recht gewalttätig bekannter junger Lechbrucker täglicher Fahrgast. Das grobe Mannsbild, so wurde erzählt, habe schon einige Erfahrung mit der Polizei. Im Bus führte er sich auf wie ein kleiner Herrscher. Die großen Gymnasiasten ganz hinten im Bus ließ er in Ruhe und auch die nahmen so gut wie keine Notiz von dem Raubein. Die Kleinen aber wurden von dem jungen Mann immer wieder geärgert. Das fing schon damit an, dass er verlangte, jeden Morgen mit dem Titel „Graf" begrüßt zu werden. Wehe einer der Buben vergaß den geforderten Morgengruß! Schon lief man Gefahr, vom Grafen nicht nur kräftig angemault, sondern auch hart geboxt oder abgewatscht zu werden. Gott sei Dank verschwand der ungeliebte Mitfahrer bald wieder und wenn man ihn irgendwo im Dorf sah, so konnte man dem Grobian ja meist rechtzeitig aus dem Weg gehen.

Am liebsten hatte der Hansi im Bus einen Fensterplatz. Mit platt gedrückter Nase saugte er immer wieder die Landschaft und besonders auffallende Gebäude ein und konnte sich daran lange nicht satt sehen. Noch heute kann er die Augen schließen und die Bilder einer solchen Fahrt abrufen und vor seinem inneren Auge ablaufen lassen, wie wenn er ein Videogerät eingeschaltet hätte.

Da waren altehrwürdige Einödhöfe, wie die hinter St. Wendelin gelegenen Forsthof und Furter, es gab Kirchen und Kapellen, zum Beispiel Herkomers Kapelle in Sameister oder St. Urban zwischen Rieden und Füssen. Auffallend waren nicht nur der weit vor dem Ort gelegene Roßhaupter Bahnhof, sondern auch ein Felsen mitten in einer Wiese mit einem großen Eisenkreuz darauf und die von einem Drachendenkmal bewachte tiefe Schlucht kurz vor Schwarzenbach. Und immer wieder genoss er den Blick über den von Segelschiffen bevölkerten Forggensee hinweg zu den Schwangauer Königsschlössern und zu den heimatlichen Bergen.

In Füssen endete die tägliche Busfahrt auf dem Busbahnhof gleich neben dem Bahnhof. Dort trafen gegen halb acht auch die zahlreichen Busschüler ein, die aus Richtung Pfronten und Nesselwang, aus Schwangau, Buching und Trauchgau kamen. Zusammen mit den Zugfahrern aus Lengenwang, Seeg und Hopferau bildeten sie dicke Schülertrauben. Man wartete auf Mitschüler aus der eigenen Klasse und ging dann die wenigen Meter zur Schule. Dabei kam man an einer Bäckerei vorbei, die ganz auf den Süßigkeitbedarf der Kinder eingestellt war und mit einem Riesenangebot der unterschiedlichsten Bonbons aufwartete. Unter dem strengen Blick des Prinzregenten Luitpold, der als Denkmal vor dem Kurhausgebäude stand, zogen die Schüler zur großen Kreuzung vor der Altstadt, querten die Roßhaupter Straße und strömten ins Gymnasium hinein.

Die Mitschüler, auf die der Hansi auf dem Busbahnhof wartete, waren die blauäugige, blonde Marlies mit den langen Zöpfen, die stets gut gelaunte Gudrun und die wie ein Ei dem anderen gleichenden Seidel-Zwillingsschwestern aus Nesselwang. Aber er wartete nicht nur auf Mädchen, sondern auch auf die beiden Pfrontener Originale Karl Steiger und Karl Bergmeier, den Vogel Pauli aus Buching, den bärenstarken Lang-Buben aus Trauchgau, den Anton aus Lengenwang, den bei seinem Onkel im Hopferauer Pfarrhaus einquartierten Struppi und den Roßhauptener Stuffi.

Mittags hatten die Schüler zu unterschiedlichen Zeiten aus, manche mussten auch noch nachmittags in der Schule bleiben. Deshalb teilte sich der Schülerstrom nicht nur in die örtlichen Nebenarme sondern auch in verschiedene zeitliche. Musste man eine Stunde auf die Busabfahrt warten, so war ein Gang in die Altstadt selbstverständlich, vor allem in die Reichenstraße mit ihren vielen Geschäften. Als beliebtester Treffpunkt erwies sich bald die ganz am oberen Ende der Geschäftsstraße angesiedelte Eisdiele Dolomiti. Die Großen aus der Oberstufe saßen drinnen, die aus den unteren Klassen begnügten sich noch mit ein oder zwei Kugeln Eis auf der Waffel, die man im Stehen vor dem Lokal schleckte.

Ein Stück entfernt befand sich eine größere Buchhandlung, die bald mit ihrem Taschenbuchangebot das Interesse des Viellesers Hansi weckte. Schon immer hatte das Lesen, angefangen von der täglichen Allgäuer Zeitung mit dem Lokalteil Füssener Blatt über die zahlreich im Hause vorhandenen Bücher bis hin zu den immer wieder besorgten Schmökern einer kleinen Leihbibliothek in Lechbruck, zum Alltag der Schütz-Familie gehört.

Bereits ganz am Anfang seines Leselebens hatte sich der Hansi ganz gewaltig geärgert, wenn er sich ein Buch aus dem Bücherregal, das im Elternschlafzimmer in einen ehemaligen Türstock eingebaut worden war, holen wollte und zu hören bekam: „Dös isch no nix für di, dös verschtoascht no ite!"

Besonders fasziniert hatte ihn früher das Titelbild eines Karl-May-Romans mit einigen Kamelreitern im Vordergrund und einem dunkelblauen Wüstenhimmel dahinter. Verärgert über den abschlägigen Bescheid des Vaters hatte er dann doch zu lesen begonnen und sich mühsam durch die ewig langen Landschaftsbeschreibungen des Autors hindurchgearbeitet, bis er doch zugeben musste, dass die Erwachsenen Recht gehabt hatten.

Wenige Jahre später holte er dann nicht nur die Lektüre dieses Buches nach, sondern setzte ein ehrgeiziges Vorhaben in die Tat um: Er las nämlich alle Bände des Schriftstellers Karl May, wobei ihm die vielen Bände des Vaters, das ein oder andere Buchgeschenk zu Weihnachten oder zum Geburtstag, aber letztlich vor allem die Leihbücherei in der Flößerstraße den Weg in diese Abenteuerwelten öffneten. Selbstverständlich bediente er sich auch wöchentlich an den Schul- und Klassenbüchereien und durch die neuerdings aufgelegten und relativ billigen Taschenbücher des Rowohlt-, Uhlstein- und DTV-Verlags konnte er sich ab der Mittelstufe auch immer wieder selbst ein Buch leisten.

Neben weniger interessanten Schuh-, Bekleidungs- und Uhrenläden gab es noch ein Geschäft, zunächst in der Reichenstraße, später weiter hinten in der Brunnengasse, das unter anderem die Briefmarkensammler versorgte. Auch hier stand der Hansi oft, betrachtete die meist teure Ware im Schaufenster und träumte von einer umfangreichen Sammlung mit besonders wertvollen Einzelmarken, konnte sich aber nur selten ein Päckchen der billigen Sammlerware kaufen. Beim Aussortieren zuhause hoffte er dann immer auf einen spektakulären Fund.

Wenn der Hansi nach so einem Stadtbummel am Busbahnhof ankam und doch noch auf seinen Bus warten musste, ging er gerne die wenigen Schritte hinüber zum Bahnhof. So ein richtiger Bahnhof mit ein- und ausfahrenden Zügen, mit Lautsprecherdurchsagen und pfeifenden Schaffnern in schneidiger Uniform, das war schon etwas ganz anderes als die langweiligen Omnibusse.

Als er eines Tages wieder zum Bahnhof hinüberging, stellte er fest, dass dort ein großes Durcheinander herrschte. Der ganze Füssener Bahnhof war in seinem Aussehen um zwanzig Jahre zurückversetzt worden, Hakenkreuzfahnen hingen vor dem Hauptgebäude, die Schilder hatten Sütterlinschrift und überall liefen Uniformierte herum, Wehrmachtssoldaten, SS-Männer und Parteibonzen.

Dort wurde nämlich eine Szene für den Film „Gesprengte Ketten" gedreht und tatsächlich stand etwas weiter hinten am Bahnsteig eine Art großer Campingstuhl mit der Aufschrift „Regisseur". Neugierig beobachtete der Hansi das Gewimmel von Filmleuten und Bahnkunden.

Da wurden er und einige seiner Schulkameraden auch schon angesprochen, ob sie nicht als Komparsen mitmachen wollten. Man erklärte ihnen, dass sie ganz normal mit ihren Schulranzen zusammen mit einigen Erwachsenen durch den Bahnhof gehen und in ein zugewiesenes Abteil steigen sollten. Der Zug fuhr dann einige hundert Meter aus dem Bahnhof hinaus und wieder zurück, damit eine Ankunftsszene gedreht werden konnte. Kaum waren die Schülerkomparsen wieder ausgestiegen, ertönte lautes Rufen, grelles Pfeifen und Schäferhundegebell. Im Zug war auch einer der Hauptdarsteller des Films gewesen, ein britischer Kriegsgefangener auf der Flucht, der jetzt am Bahnhof erkannt worden war und sich schubsend und stoßend durch die Menge einen Fluchtweg bahnte. Ein paar Schüsse peitschten noch durch die Bahnhofshalle, dann war die Szene wohl im Kasten und der Hansi verließ aufgeregt und auch ein bisschen stolz den Bahnhofsbereich.

Später hat er sich den Film mehrmals angeschaut und vor allem die beschriebene Szene immer wieder danach begutachtet, ob er wohl irgendwo in der Menge zu erkennen sei, aber vergebens.

Vorne im Bahnhofsgebäude befand sich ein verrauchtes, spelunkenähnliches Bahnhofsstüberl, in dem sich um die Mittagszeit ein recht seltsames Kundenpotential aufhielt. Besonders auffällig und irgendwie doch auch Furcht erregend für den Hansi sah ein alter, bärtiger Haudegen aus, der direkt aus einem Piratenroman entsprungen zu sein schien und regelmäßig an der Theke des Stüberls bei Bier und Schnaps saß. Das Besondere und Abschreckende an ihm war, dass ihm die rechte Hand fehlte und durch einen Holzstumpf mit einem Eisenhaken ersetzt worden war. Damit zog er die vom Wirt bereitgestellten Schnaps- und Biergläser näher zu sich heran, ehe er mit der gesunden Hand zu trinken begann.

Immer wieder zog es die Busschüler in dieses nach abgestandenem Tabakrauch und Bierdunst stinkende Stüberl hinein. Sie gaben vor, einen Kaugummi oder sonst eine Kleinigkeit kaufen zu wollen, und schielten hinüber über die zwei Tischchen zum Tresen, um einen Blick auf die Hakenprothese werfen zu können. Glaubte man sich entdeckt, schaute man schnell weg. Beim Hinausgehen spielte man den Gleichgültigen und konnte sich doch nicht einen letzten Blick verkneifen auf diesen seltsam faszinierenden Mann, dem man mit Sicherheit lieber nicht des Nachts begegnet wäre. Draußen atmete man auf und war froh, wohlbehalten wieder an der frischen Luft zu sein.

Musik

Bei den Lechbrucker Schulbuskindern kam es zu jener Zeit in Mode, am Morgen auf dem Schulweg die gerade aktuellen Schlager zu singen. Das war aber nicht bei allen Busfahrern erwünscht und einige verboten die Singerei.

Fast alle Schüler kannten die gängigen Lieder aus der Hitparade, die jeden Freitagabend im Rundfunk zu hören war. Ein absolutes Muss! „Die Schlager der Woche" hieß die Radiosendung, in der immer öfter die deutschsprachigen Musikstücke von englischen Hits verdrängt wurden, was wahrscheinlich nicht nur im Hause Schütz zu heftigen Diskussionen führte. Der Vater, der lieber traditionelle deutsche Schlager hören wollte, schimpfte zunehmend über den Krach und die Negermusik, während die Kinder sich immer mehr begeisterten für die Songs der Beatles, Rolling Stones, Kinks und wie sie alle hießen, die die Charts eroberten. Schließlich verschmähten die Eltern die zu modern gewordene Hitparade ganz, werkelten während der Sendezeit noch irgendwo in Haus oder Garten herum und überließen somit das Feld den Nachkömmlingen. Sie hörten nur noch am Sonntag das traditionelle Wunschkonzert mit dem Moderator Fred Rauch, das ebenfalls zum festen Bestandteil des Wochenablaufs gehörte.

Der Hansi hingegen bekam zusätzlich zum Radiohören immer wieder die Möglichkeit, ein paar der neuesten Hits auch über den Plattenspieler beim Nachbarn Kartmann zu hören. Dies ging vor allem dann recht gut, wenn die Kartmann-Eltern nicht da waren und die Kinder nur vom Hauspersonal betreut wurden. Da der Fabrikant mittlerweile sein Haus auf Elba gebaut hatte und sich daher häufig in Italien aufhielt, kam es schon hin und wieder vor, dass die Falchenkinder recht ausführlich und vor allem auch mit hoher Lautstärke ihre Lieblings-Singles anhörten, die man schon bald in einem Radiogeschäft neben dem Lechbrucker Rathaus kaufen konnte. Eine wesentlich umfangreichere Auswahl fanden die Musikfans aber in einem Füssener Fachgeschäft vor, wo sie auch gerne in Schulfreistunden die Gelegenheit wahrnahmen, mittels Kopfhörer sich die neuesten Platten anzuhören. Wenn man Glück hatte, ging das eine ganze Zeitlang, ohne dass man vertrieben wurde, denn zum Kaufen der Platten fehlte den meisten Schülern das Geld.

Natürlich waren bei sturmfreier Bude auch Freunde von Titi und von dessen großem Bruder Rolf zu Besuch. Die meisten kannte der Hansi schon vom Busfahren her, denn es handelte sich durchwegs um Gymnasiasten. Da konnte man sich so manches Gebaren und Verbalverhalten von den Großen abschauen und dann entsprechend in der eigenen Klassengemeinschaft umsetzen. Die Großen nutzten die Abwesenheit der ansonsten strengen Kontrolle im Hause auch für andere Vergnügungen als das bloße Musikhören. So kam es einmal vor, dass eine Sektflasche, die sich die Jugendlichen in dem gut bestückten Weinkeller organisiert hatten, beim Öffnen ihren Korken geradewegs Richtung Wohnzimmerlampe abschoss. Die kreisrunde riesige Lampenschale erhielt einen Volltreffer und ein langes Kreissegment brach ab, blieb aber bei der Landung auf dem dicken, weichen Teppich im Ganzen erhalten. Irgendwie schafften es die Täter, dieses Glassegment wieder anzukleben, obwohl zu jener Zeit sicher noch kein Sekundenkleber im Handel war, und die schändliche Tat kam erst Wochen später auf.

Es war ein Muss für die Busschüler die aktuellen Hits auswendig singen zu können und insbesondere ein Busfahrer freute sich tatsächlich über das morgendliche Konzert. Die Schüler vergaßen ihm die nicht selbstverständliche Erlaubnis zum Singen nicht. Bald kam die Idee auf, per Abstimmung den beliebtesten Busfahrer wählen zu lassen und der gesangstolerante

136

Postbusfahrer, Müller hieß er wohl, bekam am letzten Schultag noch extra ein Geschenk überreicht, für das die Schülerinnen und Schüler die Tage zuvor gesammelt hatten.

Die Lehrer

Nicht nur die tägliche Busfahrt sorgte für Abwechslung im Schulalltag, sondern auch der für das Gymnasium typische ständige Lehrerwechsel nach jeder Schulstunde brachte so manches Bemerkenswerte mit sich.

Die älteren Lehrer wurden noch mit „Professor" angesprochen und gerade unter diesen befand sich so manches Original. Da war zum Beispiel der stets mit Fliege gekleidete Professor Hackeneis, der die Angewohnheit hatte, seine Sätze häufig mit einem „nicht wahr" abzuschließen. Bald schon hatte jeder Schüler vor sich auf dem Tisch einen Zettel liegen und fertigte Strichlisten über die Häufigkeit dieses Nachsatzes an. Und eines Tages verbreitete sich wie ein Lauffeuer die Nachricht unter den Schülern: „Neuer Rekord: 176-mal ‚nicht wahr'!"

Dann gab es einen Biologielehrer, der gelegentlich ohne erkennbaren Grund auszurasten pflegte und einmal sogar eine ganze Reihe von Blumentöpfen, die auf dem Fensterbrett des Klassenzimmers standen, zum Fenster hinaus auf den Gehsteig warf. Zu seiner Entschuldigung munkelte man etwas von Kriegs- beziehungsweise Kopfverletzung. Dem Hansi war er recht wohl gesinnt, nannte ihn zwar meist Sepperl, gab ihm aber beim Ausfragen, auch wenn er einmal nicht vorbereitet gewesen war, immer eine Eins, während er seinem Freund Hermann auch bei gewohnt bester Vorbereitung und fehlerlosen Antworten eigentlich nie etwas Besseres als eine Drei, manchmal auch schlechtere Noten verpasste.

Besondere Gefahr durch Wurfgeschosse bestand auch im Musikunterricht oder bei Proben des Schulchors, dem der Hansi schon bald angehörte. Der Schorsch, so nannten die

Schüler den zuständigen Lehrer, hatte nämlich die Angewohnheit, unaufmerksame Schülerinnen oder Schüler mit den Musikbüchern zu bewerfen, die üblicherweise auf seinem Flügel im Musikzimmer aufgestapelt lagen. Der Schulchor übte gewöhnlich in der sechsten Stunde für anstehende Schulveranstaltungen, wie Weihnachtsfeiern oder Schulkonzerte, die am Gymnasium Füssen einen hohen Stellenwert hatten. Als der Schorsch bei einer Probestunde des Schulchors wieder einmal mit einem Buch nach einem ganz hinten schwätzenden Schüler geworfen, aber ein ganz unschuldiges Mädchen in der ersten Reihe am Kopf getroffen hatte, rief er zur Entschuldigung: „Die Richtung hat schon gestimmt, bloß die Höhe war nicht ganz in Ordnung!"

Ein ganz besonderes Original war eine Englischlehrerin, die jahraus jahrein unter Erkältungskrankheiten oder besser gesagt unter der Furcht vor diesen litt und daher stets mit Mütze, Schal und Mantel durch die Schule lief. Stand Englisch auf dem Stundenplan, so war klar, dass die Schüler schnell alle Fenster des Klassenzimmers aufrissen. Wie erwartet erschien die „Lisl" und bellte: „Machen Se bloß die Fenster zu oder wollen Se mich umbringen?"

Dann ging es ans übliche Ausfragen. Ein Schüler musste an die Tafel und die verlangten Vokabeln dort anschreiben. Schon beim kleinsten Zögern kam die immergleiche Empfehlung: „Machen Se nen Strich! Den Mut zur Lücke muss man haben!"

Mit dem damaligen Direktor des Gymnasiums Füssen hatte der Hansi direkt nichts zu tun. Der unterrichtete wohl eher in der Oberstufe. Täglich aber musste man ihn in der Eingangshalle passieren, wo er das morgendliche Eintreffen der Schülerinnen und Schüler mit strengem Blick beaufsichtigte. Der sehr kleine Dr. Surrer stand dabei breitbeinig im Hohlkreuz da, den Kopf hatte er in den Nacken gelegt und mit den Daumen drückte er seine Gummihosenträger weit nach vorne weg. Mitunter gab er einem Schüler oder einer Schülerin ein freundliches oder auch mahnendes Wort mit auf den Weg. Einer seiner Lieblingssprüche war: „Ja, ja. Rauchen, saufen, Weibersachen", wenn ein sichtlich übermüdeter Oberstufler sich morgens in die Schule schleppte. Selbstverständlich dauerte es nicht lange, bis auch die Neulinge am Gymnasium gerne diesen Spruch in dem schnarrenden und näselnden Ton des „Direx" nachäfften.

Im Großen und Ganzen brachte der Hansi in der Unterstufe recht gute Noten nach Hause, wie es von ihm auch ausdrücklich erwartet wurde. Stets wurde ihm das Vorbild des großen Bruders vorgehalten, denn der Richard zeigte kaum einmal, egal in welchem Fach eine Schwäche. Da galt es dann mitzuhalten, wenngleich der Hansi zwischendurch auch mal einen Ausreißer zuließ.

Oft durfte er sich so etwas aber nicht leisten, denn es gab seitens des in schulischen Dingen sehr strengen Vaters eine unabdingbar einzuhaltende Vorgabe: Im Zeugnis war mindestens ein Notendurchschnitt von 2,5 zu erreichen.

Der Hintergrund dieser Forderung war, dass es vom Landratsamt für alle Schüler, die diesen Schnitt unterboten, seit einiger Zeit die kostenlose Monatskarte für den Schulbus gab. Der Hansi war äußerst froh, dass diese Regelung, als er schon weit in der Mittelstufe war, wieder aufgegeben wurde.

Seinen ersten Fünfer bekam er schon in der ersten Klasse des Gymnasiums, noch dazu im Fach Religion. Dabei hätte er bei der entsprechenden Extemporale durchaus etwas gewusst. Aber da die Klasse an diesem Tag schon eine Schulaufgabe hinter sich hatte und deshalb eigentlich keine „Ex" mehr geschrieben werden durfte, streikte ein Teil der Buben. Der Hansi war natürlich auch dabei und gab demonstrativ ein leeres Blatt ab. Erzählt hat er dann zuhause von dieser Aktion nichts, weil er sich nicht sicher war, wie dieses Vorgehen aufgenommen werden würde. Auch nach der Herausgabe der Religionsarbeit wartete er noch ein paar Tage, bis zu seiner Erleichterung die wie erwartet bessere Note der Mathematik-Schulaufgabe feststand.

Als er an diesem Tag mittags die Haustür öffnete, rief er der Mutter zu: „Heit hob i a guate und a schlechte Nachricht! Wölche mechscht zerscht heare?"

Der Mathe-Einser wurde dann nicht nur von der Mutter, sondern am Abend auch vom Vater höher gewichtet als der Fünfer in Religion, womit das Schlimmste schon einmal überstanden war, zumal die Familie insgesamt sogar Verständnis für den kleinen Aufstand gegen den Religionslehrer hatte. Selbstverständlich aber gab es auch eindringliche Ermahnungen so etwas nicht noch einmal mitzumachen.

Schulferien

Bei aller Begeisterung für das Gymnasium, vor allem für die Sachfächer Erdkunde, Geschichte und Biologie, freute sich der Gymnasiast Hansi wie alle Schülerinnen und Schüler ganz besonders auf die Ferienzeit.

Während die Kartmann-Kinder nun immer öfter nach Italien fuhren, blieben die Schütz-Buben bis auf wenige Ausnahmen auch in den Ferien in Lechbruck. Manchmal hatten sie Glück, wenn der Onkel Max, der Ehemann von Urmiomas Schwester Emma, aus dem schwäbischen Türkheim ins Ostallgäu nach Lechbruck heraufkam. Als Sparkassenchef von Türkheim fuhr er schon ein relativ großes Auto, mit dem er immer wieder gerne zum Bergwandern Richtung Oberammergau oder Mittenwald, vor allem aber in die Gegend um Füssen und Reutte fuhr.

Meist hatte er dann seine zwei Söhne mit dabei, Dieter und Mäx, die etwa gleich alt wie die Schütz-Buben waren, und selbstverständlich wurden die Gebirgstouren zu fünft durchgeführt. So kam der kleine Hansi doch immer wieder einmal in die Berge oder zu einer Bootsfahrt auf dem Plansee und bestieg einmal sogar den nicht ungefährlichen Geiselstein im Kenzengebiet, wobei er allerdings schnell merkte, dass das eigentliche Klettern nichts für ihn war. Das letzte Stück zum Gipfel kostete ihn große Überwindung, zu steil, nämlich fast kerzengerade, und zu weit ging es da zum Wankerfleck hinunter. Doch die Angst vor einer Blamage war gerade noch um eine Winzigkeit größer als die vor einem Sturz in die Tiefe. Ängstlich hockte er dann auf dem Gipfel, schrieb zittrig seinen Namen ins Gipfelbuch und war froh, als er auch den Abstieg in weniger steiles und felsiges Gelände heil hinter sich gebracht hatte.

Nur zweimal in seiner Lechbrucker Zeit gab es für den Hansi einen richtigen Urlaub und jedes Mal verbrachte er ihn in den nahen Bergen.

Das eine Mal fuhr die ganze Familie von Lechbruck aus mit dem Rad über das Halblechtal in das Kenzengebiet, wo man sich für eine Woche in der Kenzenhütte einmietete. Mit der damaligen Wirtsfamilie Köpf aus Trauchgau waren die Schützens gut bekannt, vor allem weil die Urmioma, so wurde erzählt, in früheren Zeiten gelegentlich auf der Hütte als Bedienung ausgeholfen oder auch länger dort gearbeitet hatte.

Eltern wie Kinder waren mit schweren Rucksäcken bepackt, die vor allem die Brotzeit für die kommenden Tageswanderungen und die Abendmahlzeiten enthielten, also im Wesentlichen Brotlaibe, viel Käse und ein paar besonders feste Hartwürste. Nur an einem Abend konnte es sich die Familie leisten, den köstlichen Kaiserschmarren zu bestellen, der auf der Speisekarte der Hütte stand. Dafür gab es abends täglich ein Glas Schiwasser oder ein Limo, während man untertags seinen Durst mit dem überall vorhandenen klaren und eiskalten Quellwasser stillte.

Die Wanderungen auf den Firstberg, durchs Gumpenkar oder zu den Kenzenköpfle, aber auch der abendliche Spaziergang zum tosenden Wasserfall, nur wenige Gehminuten hinter der Kenzenhütte gelegen, blieben unvergessliche Erlebnisse für die beiden Buben.

Besonders beeindruckt war der Hansi von den zahlreichen Gemsen, die man an einigen Stellen, vor allem hinter dem Bäckenalmsattel, aus nächster Nähe beobachten konnte. Der Weg auf die Hochplatte hingegen zeigte ihm schon damals, dass er mit Höhenangst zu kämpfen hatte. Das letzte Stück, das über einen waagrechten Grat zum Hauptgipfel führt, brachte er damals mehr auf allen Vieren als aufrecht gehend und nur unter gutem Zureden hinter sich.

Auch eine zweite Urlaubstour, da war der Hansi schon auf dem Gymnasium, führte in die Berge. Allerdings waren nur der Vater und die Mutter dabei, weil sein Bruder Richard sich drei Wochen lang in einem über das Gymnasium organisierten Ferienlager im Loiretal bei Saumur aufhielt.

Diesmal war die Lechbrucker Hütte an der Südflanke des Hochvogels das Ziel. Mit dem Bus fuhren die drei Urlauber zunächst nach Füssen und mit einem weiteren Postbus über die Grenze nach Reutte. Bereits an der Grenze entstanden die ersten Probleme, weil ein Streik der österreichischen Zöllner zu so langen Zeitverzögerungen führte, dass der Anschlussbus, der die Urlauber von Reutte aus ins Hornbachtal hätte bringen sollen, verpasst wurde. Zu einem späteren Zeitpunkt gab es zwar noch einen Bus nach Vorderhornbach, aber die etlichen Kilometer nach Hinterhornbach mussten die drei, schwer bepackt mit dem Nötigsten für eine Woche Berghütte, zu Fuß zurücklegen – und das auch noch bei strömendem Regen.

Von Hinterhornbach aus, wo die Urlauber sich wenigstens mit einer kräftigen Brotzeit stärkten, ging es dann noch einmal lange hinauf auf die Schwabeckalm zu der von der Lechbrucker Alpenvereins-Sektion betreuten Hütte. Diese war nicht bewirtschaftet und damals relativ klein, sodass man sie mit etwas Glück ganz alleine für sich hatte. Nur zwei Tage lang mussten sich die drei Lechbrucker die herrlich gelegene Berghütte mit einem älteren Ehepaar teilen, ansonsten blieben sie unter sich. Auch das Wetter wurde schon am zweiten Tag besser und da konnte man untertags die Spielkarten für das Neunerlespiel oder das Romméblatt weglegen und durch die wunderschöne Bergwelt wandern.

Neben diesen beiden Urlaubsreisen ins Gebirge gab es in all den Jahren nur noch einige mehrtägige Ferienaufenthalte fern vom Falchen bei Verwandten. Zum Beispiel durfte schon das ganz kleine Kind ein paar Tage bei der Tante Beppi in Bernbeuren bleiben, die dort Köchin im Kindergarten war. Das fremde Mittagessen – in Erinnerung blieb eine Art scheußlicher Grießbrei mit roter Soße – vergaß der Hansi bis heute nicht, dafür aber fast alles andere, vor allem den Grund und die Dauer dieses ersten Fernseins von Zuhause.

Später war es wieder der Onkel Max, der den Hansi und seinen Bruder Richard in den großen Ferien manchmal für ein paar Tage nach Türkheim holte. Diese Aufenthalte waren immer ein großes Vergnügen, hatte man doch mit den Kindern Ursel, Dieter und Mäx viele Gemeinsamkeiten und so manches auszutauschen. Gar nicht weit vom Haus der Preisingers war das örtliche Schwimmbad, das man in den Sommerferien täglich aufsuchte, und im Garten stand eine Tischtennisplatte. Die Buben spielten Fußball und am Abend durfte man mitunter sogar ins Kino gehen, ein Freizeitspaß, den es damals in Lechbruck nur noch ganz selten gab.

Ein Kino war im Flößerdorf vorhanden. Hansi erinnerte sich nicht ohne Unbehagen, dass seine Eltern, als er noch ganz klein war, manchmal am Samstag- oder Sonntagabend dorthin gegangen waren und die beiden Kinder, bewacht von der Katze Schnurri, allein zuhause gelassen hatten. Auch eine Kiste im Sommerhäuschen, die mit alten Filmvorschauen voll gestapelt war, belegte, dass das Kino einmal bessere Zeiten gesehen haben musste. Aber in späteren Jahren gab es wohl nur noch selten Vorführungen. Der Hansi erinnert sich nur noch an Sondervorstellungen, so an einen Film über die Olympischen Spiele in Rom 1960 und an die ersten Karl-May-Filme, bei denen das Dorfkino allerdings aus allen Nähten zu platzen drohte.

Der Freund

Aus seiner Grundschulklasse hatten auch noch andere den Sprung auf das Gymnasium geschafft und benutzten ebenso wie der Hansi den Frühbus. Doch da sie in andere fünfte Klassen gingen, wurde ein Bub aus der Nähe von Sameister der wichtigste Schulfreund.

Der Hermann Rodenkirchen lebte mit seinen Eltern und seiner zwei Jahre älteren Schwester Christa oberhalb des Gutes Kinsegg an einem sanft zum Kinsegger See abfallenden Hanggrundstück in einer herrschaftlichen Villa, die sogar einen Swimmingpool aufwies. Die ersten vier Jahre war der Hermann in die einklassige Zwergschule von Sameister gegangen, die für die wenigen Kinder aus diesem Ort und den umliegenden Weilern und Höfen ausreichte. Auf die Idee, die Schüler in die größeren Orte Lechbruck, Bernbeuren oder Roßhaupten zur Schule zu fahren, kam damals noch niemand und so hatte auch der Hermann seine ersten Schritte ins Schulleben in diesem Idyll machen können, anstatt täglich kilometerweit in irgendwelche Zentralschulen verfrachtet zu werden, ehe er sich seine nähere Umgebung richtig erschlossen hatte.

Nach Kinsegg kam man über einen schmalen Weg. Der zweigte hinter Sameister von der Straße nach Roßhaupten ab und schlängelte sich zwischen dem Sameistersee und dem Langenegger See hindurch, ehe er am Ufer des Kinsegger Sees leicht anzusteigen begann und am Haus der Rodenkirchens vorbei wieder abwärts zum Gut Kinsegg führte.

Frau Rodenkirchen war froh, dass der Hermann die Einsamkeit dieses entlegenen Ortes nicht länger ohne Lern- und Spielkameraden erleben musste. Die neue Freundschaft gefiel aber auch dem Hansi, denn ihr verdankte er viele schöne und unvergessliche Begebenheiten.

So kam es immer wieder vor, dass ein großer BMW, damals ein seltenes Nobelauto, das wegen seinen ausladenden Kotflügeln viel bestaunt wurde, den Hansi abholte und nach Kinsegg fuhr. Im Sommer durfte er dann auch das ein oder andere Mal dort übernachten oder gar einige Tage verbringen.

Für den Arbeitersohn Hansi war das Leben im Hause Rodenkirchen dennoch keine neue Welt, da er ja schon von klein auf bei seinem Nachbarn Kartmann regelmäßig Einblick in das Leben reicher Leute hatte. So musste er zwar immer wieder die Ermahnungen der Eltern anhören, sich ja anständig und ordentlich zu benehmen. „Hoscht o a Taschetüchle eig'schteckt?" – „Iss fei gscheid mit Messr und Gabl!" – „Und vergiss ja ite s'Dankscheasage!" Diese Ratschläge zum Abschied waren jedoch ganz unnötig, denn ihm waren ja weder die vornehmen Umgangsformen noch die gepflegte Hochsprache unbekannt. Auch dass es in einem Haus eine Köchin und Haushälterin gab, war für ihn nichts Neues. Etwas befremdet aber war er von der Anwesenheit eines Hausfräuleins, das seinen Freund Hermann erziehen und unterrichten sollte.

Manchmal gab es Gerichte zum Essen, von denen der Hansi zunächst nicht so recht wusste, wie er mit ihnen umzugehen hatte. Aber er war doch so schlau, unauffällig abzuwarten, bis die Erwachsenen und auch der Hermann ihm vormachten, wie man sich mit Anstand mit Hilfe des reichlich aufgetragenen Bestecks über die Speisen hermachen konnte, und wenn er doch einmal nicht so recht weiterwusste, dann hatte er eben plötzlich keinen Hunger mehr.

Ein besonderes Vergnügen war natürlich das Baden, Tauchen und Springen im Swimmingpool, den die Kinder weidlich ausnutzten. Selbstverständlich waren damit auch Säuberungsarbeiten verbunden, die die beiden Buben aber gerne und zuverlässig übernahmen. So musste man zum Beispiel immer wieder Frösche und Kröten, die sich über Nacht aus den umliegen-

den Wiesen in den Pool verirrt hatten, mit einem Kescher ein-
fangen und über den Gartenzaun zurück in eine natürlichere
Mitwelt befördern.

Am Schmuttersee

Trotz des Swimmingpools bei Rodenkirchens gingen die beiden Gymnasiasten auch gelegentlich in einen der nahe gelegenen Seen zum Schwimmen. Das war dann doch eine interessante Abwechslung zu dem klaren chlorigen Poolwasser.

Vor allem der Kinsegger See war so moorig und schlammig, dass man fast überall stehen und die Zehen in den tiefen Grundschlamm bohren konnte. Mitunter begegnete ihnen einer der großen moosbewachsenen Karpfen, die überhaupt nicht scheu in diesem Gewässer herumdümpelten und den Badenden manchmal sogar zwischen den gespreizten Beinen durchschwammen.

Und dann gab es ja noch den gar nicht weit entfernten Schmuttersee, der, da weniger moorig als die drei bereits erwähnten kleineren Seen um Sameister, der beliebteste Badesee der Gegend war. Mit dem Radl, das der Hansi jetzt immer öfter zu einem Besuch bei seinem Freund benutzte, war es den Kameraden aber zu weit, Swimmingpool und Kinsegger See reichten ihnen. Doch gelegentlich wurden sie zum Baden am Schmuttersee abgeholt.

Immer wieder nämlich fuhr am Falchen in den Sommermonaten ein Religionslehrer des Gymnasiums vor und bot an, da er sowieso gerne zum Schwimmen gehe, den Hansi gleich mitzunehmen und am Abend wieder zuhause abzuliefern. Auch andere Buben, darunter naheliegenderweise der Hermann, kamen in den Genuss mit dem Leo, so der Spitzname des recht beliebten Lehrers, zum Schmuttersee gefahren zu werden. Der Leo mied allerdings die belebteren Ufer des Sees, insbesondere die so genannte Lechbrucker Seite, wo es im Sommer doch recht zuging. Er suchte lieber einen abgelegeneren Badeplatz am anderen Ufer auf, wo er seine große Decke ausbreitete und sich mit den Schulbuben niederließ. Der umgängliche und freundliche Lehrer unterhielt sich zwanglos mit den Kindern, tobte dann wieder mit ihnen ins Wasser und schwamm mit ihnen um die Wette, wobei er aber so gut wie nie einen der schnellen Schwimmer zu fassen bekam. An Land spielte man Fußball und führte gelegentlich auch kleine Raufereien und Ringkämpfe durch, bei denen die Buben untereinander, aber auch mit dem Leo ihre Kräfte maßen.

In der Schule erfuhren die Buben dann von den älteren Schülern, dass der Leo schon immer gerne mit den Kleineren zum Baden gefahren sei. Die Größeren grinsten und tuschelten auch manchmal, wenn das Gespräch auf Leos Badetouren kam und schon bald schnappte der Hansi das eine oder andere Gerücht auf, das den Lehrer nicht mehr in so ganz harmlosem Lichte erscheinen ließ. Ob tatsächlich etwas dran war an dem Gerede, wusste er nicht. Er hat es jedenfalls nie in irgendeiner Weise bestätigt bekommen. Untereinander machten die Buben ganz einfach aus, dass sie schon aufpassen würden, dass nichts Verbotenes geschah und wenn es darauf ankäme, wären sie sowieso allemal schneller weg, als der vielleicht ja auch ganz zu Unrecht Beschuldigte je hätte laufen können.

Abendunterhaltung

Bis zu Beginn der sechziger Jahre besaß man nur einen Radio, der auf einem Eckbrett in der Küche stand, oberhalb des angestammten Platzes des Hausherrn am Esstisch. Wenn der Vater zuhause war, wurde regelmäßig zur vollen Stunde das Gerät eingeschaltet, um Nachrichten zu hören. Bei schlechtem Wetter oder im Winter war der freie Platz zwischen Tisch und Herd die Spielwiese der Kinder, wo sie sich vor allem mit Legobausteinen oder Ähnlichem beschäftigten. Dabei ging es nicht immer leise zu, aber sobald die Nachrichten im Radio begannen, hieß es absolut still zu sein. Das hatten die Schütz-Buben bald gelernt, denn sonst konnte es eine kräftige Strafpredigt setzen. „Ruhig! D'Nachrichte kommet!" Das wurde – später auch in Bezug auf die Fernsehnachrichten – zu einer Art geflügeltem Wort in der Familie Schütz.

Ein besonderes Gemeinschaftserlebnis wurden für die Familie Kriminalhörspiele, die im Radio übertragen wurden. Da saßen dann alle Familienmitglieder um den Küchentisch herum, den ein buntes, abwaschbares Wachstuch bedeckte. Sie lauschten gespannt dem Geschehen im Radio, das immer dann, wenn es besonders spannend geworden war, mit einer Musikeinlage beendet wurde. Dann folgte der Verweis: „Wie es weitergeht mit ..., erfahren Sie am nächsten Donnerstag, wenn es wieder heißt: Dickie Dick Dickens ..."

Für diese Hörspiele gab es selbstverständlich problemlos die Sondererlaubnis länger als üblich aufbleiben zu dürfen.

Eine besondere Rolle spielte die Unterhaltung durch das Radioprogramm auch bei der Fertigung von Heimarbeiten, die zur Aufbesserung der Familienkasse eine Zeitlang ausgeführt wurden. Dazu musste man sich bei einer Verteilerstelle, beim Stemmer im Unteren Dorf, säckchenweise bunte Perlen verschiedenster Größe und Farbe abholen, dazu Fäden und Nadeln sowie die Vorlagen für die aufzufädelnden Billigschmuckketten. An den Abenden saß die Familie dann am Küchentisch bei der Heimarbeit, die auch mit Radiomusik noch eintönig und langweilig genug war. Die Zusatzeinkünfte dürften aber nicht besonders üppig ausgefallen sein, denn schon bald gab die Schütz-Familie diese Tätigkeit wieder auf, vor allem zur Freude der beiden Buben, die doch gezwungen waren, kräftig mitzuhelfen. Erleichtert nahmen die Kinder auch zur Kenntnis, dass die Eltern die Möglichkeit einer weiteren Heimarbeit, bei der man Stofftaschentücher hätte falten und zu Dreier- und Fünfersets zusammenstellen und verpacken sollen, nach längerem Überlegen doch verworfen hatten.

Der Fernseher

In den sechziger Jahren verdrängte der Fernseher mehr und mehr das Radiogerät. Doch unter der Woche begann das einzige Programm erst am späten Nachmittag und so spielte das Fernsehen zunächst eher am Wochenende eine größere Rolle in der Freizeitgestaltung.

Eine erstaunliche Begebenheit trug sich schon in den ersten Tagen mit dem neuen Fernseher zu. Es war Abend und der kleine Hansi rief plötzlich: „Machet doch 'n Fernseher auf, do kommt dr Dalai Lama!" Es war sowieso gleich acht Uhr und somit Zeit für die täglich mit Spannung erwarteten Nachrichten der „Tagesschau". Und tatsächlich, kaum hatte der Nachrichtensprecher seine erste Meldung verlesen, wurde auch schon ein Kurzinterview mit dem geistlichen Oberhaupt der Tibeter aus seinem Exil in Nordindien gesendet, wohin er sich mit zahlreichen seiner Landsleute vor dem Zugriff der Armee der Volksrepublik China geflüchtet hatte. Das Erstaunen der übrigen Familienmitglieder war natürlich groß, dass der kleine Bub nicht nur den Namen des tibetischen Oberhaupts gewusst, sondern sogar sein Erscheinen auf dem Bildschirm so zielsicher vorausgesehen hatte.

Mit der Zuweisung von Fernsehzeiten waren die Eltern recht streng und es gab eine ganze Reihe von Sendungen, von denen es hieß: „Des isch nix für Kinder – ganget naus in Garte!"

Vor dem Küchenfenster aber trennte eine Betonmauer den Abgang zum Keller von der parallel dazu verlaufenden Treppe zum Garten. Diese Mauer eignete sich hervorragend, um auch von außen durch das Fenster etwas von den harmlosen, wenngleich verbotenen Sendungen mitzubekommen. Und so konnte es durchaus geschehen, dass auf dem „Mäuerle" nicht nur die beiden Schütz-Buben, sondern auch noch Kartmanns Feli und Titi standen und heimlich einen „äußerst brutalen" Western anschauten.

Beim Kartmann hatte man selbstverständlich schon viel früher einen Fernseher, noch dazu einen viel größeren, der im Wohnzimmer in einer Art Fernsehschrank eingebaut war. Doch das Fernsehschauen für die Kinder war beim Nachbarn noch viel strenger geregelt und so kamen Feli und Titi immer wieder herüber, um beim Schütz, manchmal erlaubterweise drinnen, manchmal verbotenerweise von draußen von der Mauer aus fernzusehen.

Fußball

Besonders wichtig waren im Fernsehen sowohl dem Vater als auch den beiden Buben die Sportsendungen und hier an erster Stelle Übertragungen von Fußballspielen. Immerhin waren inzwischen beide Kinder im TSV Lechbruck als Fußballer aktiv. Auch der Vater war fußballverrückt, hatte selbst jahrelang beim örtlichen Sportverein gespielt und wusste so manche spannende Fußballgeschichte zu erzählen.

Immer wieder gerne hörten die Buben, wie der Vater sich einmal bei einem Spiel das Wadenbein gebrochen und trotzdem mit zusammengebissenen Zähnen bis zum Ende mehr schlecht als recht weitergespielt hatte. Nach dem Schlusspfiff hatte man ihn sofort zum Dr. Eger gebracht, der dann die niederschmetternde Diagnose Knochenbruch stellte. Alles Weitere müsse man aber im Steingadener Krankenhaus durchführen, das sei für die notwendige Behandlung ausgerüstet, meinte der Landarzt. Auf die Frage, wie der Verletzte ins gut fünf Kilometer entfernte Steingaden kommen solle, meinte der Doktor nur: „Wer mit so einem Bruch noch Fußballspielen kann, der kann auch mit dem Radl bis ins Krankenhaus fahren." Und so radelte denn der verletzte Fußballspieler Johann Schütz mit seinem Fahrrad zum Steingadener Krankenhaus, wo man ihm das gebrochene Bein sauber eingipste und ihn dann wieder per Rad nach Hause schickte.

Noch spannender aber war die oft erzählte Geschichte von der Fahrt zur Fußballweltmeisterschaft in die Schweiz: Im Jahre 1954 war Johann Schütz zusammen mit drei Arbeitskollegen nach Bern ins Wankdorfstadion gefahren. Zwei der Fußballfans waren im Besitz von Motorrädern und die beiden anderen wurden als Beifahrer mitgenommen. Immer wieder musste der Vater zahlreiche Reiseerlebnisse, vor allem aber den Bericht über das Spiel zum Besten geben – es war leider nur ein Vorrundenspiel, zum siegreichen Endspiel saß man dann schon wieder zuhause am Radioapparat. Die Rückwand von Hansis Bett war inzwischen ganz mit Fußballerbildern beklebt, die man als Beilage von Kaugummis sammeln und mit den Sport- und Schulkameraden tauschen konnte.

Besonders stolz war der kleine Fußballer auf seine ersten Fußballschuhe, die er gebraucht geschenkt bekommen hatte. Die Stollen, mehrere kleine, runde Lederstückchen, waren damals von unten mit Nägeln an der Sohle befestigt. Doch sie erwiesen sich als so weit abgespielt, dass die Nagelspitzen immer wieder durch die Schuhsohle durchstachen. So kam es, dass der Hansi zwar seine ersten Einsätze in der Schülermannschaft des TSV Lechbruck mit echten Fußballschuhen absolvieren konnte, was damals nicht bei allen Spielern die Regel war, aber nach den Spielen nicht nur über den einen oder anderen blauen Fleck am Schienbein zu klagen hatte, sondern auch über Blutblasen an den Fußsohlen.

Bald schon durfte der Hansi, inzwischen mit besseren Fußballschuhen ausgestattet, in der Unterstufenmannschaft des Gymnasiums Füssen mitspielen, worauf er besonders stolz war. Damals wurde jährlich für jede Altersklasse eine Spielrunde durchgeführt, an der neben dem Gymnasium Hohenschwangau auch Vereinsmannschaften aus dem Kreis Füssen teilnahmen. Die Mutter sah diese Spiele nicht so gerne, fürchtete sie doch die Verletzungsgefahr beim Fußballspiel, die sie ja von ihrem Mann her schon ausreichend kannte. Außerdem war es schon beim allerersten Einsatz in dieser Schulmannschaft zu einem Unfall gekommen.

Den ganzen Vormittag über hatte der Hansi damals dem Fußballspiel entgegengefiebert. An eine konzentrierte Teilnahme am Unterricht war nicht zu denken, vielmehr schweiften seine Gedanken immer wieder ab, einerseits lenkten ihn Bedenken ab, ob er auch gut genug spielen würde, andererseits Tagträume von wunderbaren Tricks und Soli, die mit phantastischen Toren abgeschlossen wurden. Mittags versorgte er sich, wie es auch einige andere Spieler taten, mit zwei Fischsemmeln aus der Metzgerei Betz, um dann viel zu früh drunten am Sportplatz im Weidach zu erscheinen. Wie stolz war der Bub, als er zum ersten Mal das Schultrikot überziehen und bald darauf zu seinem ersten Spiel auflaufen durfte!

Doch schon wenige Minuten nach dem Anpfiff geschah das Malheur: Ein hoher Ball kam auf den Hansi zu, den er mit dem Kopf abwehren wollte. Ein gegnerischer Spieler aber hatte sich entschlossen, diesen Ball mit einer Art Fallrückzieher weiterzuspielen. Die Aktion misslang derart, dass dieser nicht den Ball, sondern Hansis Mundpartie traf. Mit geplatzter Unterlippe und ständig Blut spuckend fand sich der Debütant am Boden wieder. Ein älterer Schüler, der als Betreuer dabei war, brachte den Verletzten auf die andere Seite der Bundesstraße in das Kreiskrankenhaus zur Notaufnahme. Zum Glück war die Lippe innen zwar kräftig aufgeplatzt, aber die Außenhaut war weitgehend intakt geblieben. Nach einer örtlichen Betäubung konnte die Wunde so genäht werden, dass nach dem Abheilen keine sichtbaren Narben zurückblieben.

Vom Notarzt entlassen, fuhr der Hansi mit dem Postbus nach Lechbruck, lief den Weg vom Postamt den Falchen hinauf und jagte seiner Mutter einen gehörigen Schrecken ein, als er käseweiß und mit einem dicken Pflasterverband um den Mund herum im Garten auftauchte. Am liebsten hätte die Mutter daraufhin dem Hansi das Fußballspielen verboten, doch schon beim nächsten Spiel war er wieder dabei.

Selbstverständlich sahen der Vater Schütz und seine zwei Söhne sich im Fernsehen Fußballspiele an, die damals aber noch sehr selten gesendet wurden.

Als dann mit dem ZDF ein weiteres Fernsehprogramm ausgestrahlt wurde, nutzte das am Falchen in Bezug auf Fußballspiele recht wenig, denn dieses Programm ließ sich mit dem

Apparat der Schützens nicht empfangen. Besonders ärgerlich wurde das deshalb, weil gerade das zweite Programm jeden Mittwochabend die damals neu eingeführten Europapokalspiele übertrug. Wie gut, dass der Schwiegersohn der Kathi Schütz, Karl Graml, ein Gerät besaß, über das man auch das ZDF hereinbrachte. So konnte man an manchem Mittwochabend die drei fußballbegeisterten Schütz vom Falchen auf ihrem Weg zu Gramls Wohnzimmer sehen. Dort waren die Gäste durchaus gern gesehen und zum Fußball gab es meist noch ein Bier für die Erwachsenen, Limo für die Buben und Salzstängelchen zum Knabbern für alle, was die Graml Zenz aus dem Fundus ihres Lebensmittelladens spendierte.

Rauch

Die Graml Zenz sollte aber ein anderes Mal der Auslöser für ein gewaltiges Donnerwetter im Hause Schütz werden, weil sie Hansis Mutter über eine seiner großen Jugendsünden eilfertig unterrichtet hatte.

Er war wohl schon in der dritten Klasse des Gymnasiums – damals zählte man die Klassen an den weiterführenden Schulen noch extra, also ohne die vier Grundschuljahre. Es war Sommer und schönstes Badewetter. Da kamen einige der Busschüler auf die Idee, man könnte doch auch einmal die Schule schwänzen und stattdessen schon in Sameister wieder aussteigen, um dann den kurzen Weg hinüber zum Schmuttersee zu gehen.

Der Einfall fand bei einer ganzen Reihe von Schulkindern Anklang und um die Sache besonders abzurunden, legte man schnell noch ein paar Geldmünzen zusammen, um sich für den erholsamen Vormittag auch ausreichend mit „Rauch", also mit Zigaretten einzudecken. So wurden vor der Abfahrt des Frühbusses am Automaten, der beim Geschäft der Frau Graml angebracht war, mehrere Zigarettenschachteln herausgelassen, was allerdings nicht unbeobachtet blieb.

Eine ganze Reihe von Schülern stieg dann auch im Weiler Sameister zur Überraschung des Fahrers schon wieder aus dem Bus und wanderte aufgeregt schwatzend und lärmend zum idyllisch gelegenen Schmuttersee.

Der Hansi hatte mit dem Rauchen nichts im Sinn, das verbot sich eigentlich für einen Sportler, aber einige der anderen Schüler, so auch einer aus seiner Klasse, griffen doch schon fast regelmäßig zum Glimmstengel.

Dabei war das Rauchen bei den Männern der Familie ganz normal. Der Vater rauchte zwar nicht viel, aber regelmäßig seine Zuban, Overstolz oder später Ernte 23. Ein besonders starker Raucher war dagegen der Opa Schütz, der Stumpen und die Virginias der Marke Alpenkiel, auch „Betschinas" genannt, ebenso liebte wie fertig gekaufte filterlose Zigaretten oder auch Selbstgedrehte, die er mit Hilfe einer kleinen Handmaschine produzierte. Dabei nutzte er jedes Krümelchen. Hatte er eine Zigarette bis auf ein letztes kleines Stück abgeraucht, so warf er die verbliebene Kippe in eine Blechdose. Die auf diese Weise gesammelten Raucherreste wurden, wenn die Dose wieder einmal voll geworden war, von den Papierresten befreit und dem Tabakbeutel, den er für seine Zigarettendrehmaschine benötigte, hinzugefügt. So ging nichts verloren, auch keine Teer- und sonstigen Schadstoffe.

Wie wichtig dem Großvater der Nikotingenuss war, konnte man auch an einigen Tabakblättern erkennen, die im Dachboden über einem Balken hingen. Das waren Überreste aus dem eigenen Tabakanbau, der ihm über die besonders schlechten Zeiten gegen Ende des Zweiten Weltkrieges und in den ersten Nachkriegsjahren hinweghelfen hatte müssen. Das viele Rauchen bis auf den letzten Zentimeter seiner filterlosen Zigaretten hatte auch dazu geführt, dass an seiner rechten Hand sowohl der Daumen als auch der Zeigefinger inclusive der beiden Fingernägel braungelb verfärbt war.

Manchmal bot der Großvater – nur zum Spaß – den Kindern, als sie noch ganz klein waren, einen Zug an der Zigarette an. Das führte aber regelmäßig zu heftigem Widerspruch der Eltern und deshalb trauten sich die Buben nie, das Angebot anzunehmen. In der ersten Klasse aber rauchte der kleine Hansi zum ersten Mal wirklich.

Ein Mitschüler, der Bodo, hatte ihm auf dem Heimweg von der Schule ganz stolz eine Schachtel Zigaretten und Streichhölzer gezeigt. „Heit haun i richtige Zigarette derbei, dös isch besser wia allat bloß Judestrick!" Judestrick nannten die Kinder die trockenen Wiesenbärenklau- oder Waldrebenstengel, die sie am Lagerfeuer in die Flammen hielten, um dann daran zu ziehen und zu „rauchen" wie die Erwachsenen. Der Bodo überredete den Hansi, mit ihm über die Lechbrücke hinüber nach Gründl zu gehen, und dort zündete sich jeder, hinter einem Felsen und einem davor wachsenden Hollerstrauch versteckt, eine Zigarette an. Einerseits ganz stolz auf ihr verbotenes Tun, andererseits aber auch mit einer gehörigen Portion Angst, zogen die beiden Lausbuben ein paar Mal und pafften, bevor sie die Zigaretten schnell wieder ausmachten. Es schmeckte schließlich abscheulich und sie mussten beide heftig husten. Auf dem ganzen Heimweg hatte der Hansi den unangenehmen, rauchigen Geschmack auf seiner Zunge. Da half auch nicht, dass er an den Dorfbrunnen viel Wasser trank.

Und jetzt schwänzte also eine ganze Gruppe aus dem Lechbrucker Bus die Schule und zog sich zum Rauchen an den Schmuttersee zurück. Natürlich hielt sich – wie schon beim Kauf der Packungen – auch jetzt beim Rauchen niemand zurück. Man saß im Kreis am Seeufer und die erfahrenen älteren Raucher zeigten den jüngeren, was sie zu tun hatten und wie man „auf Lunge" rauchte. Ganz ohne Husten und Röcheln ging das nicht vonstatten, aber trotzdem wurde der ganze eingekaufte Vorrat restlos aufgeraucht. Der Titi war es dann, der den Tipp gab, frische Fichtennadeln zu kauen, damit die zuhause nichts merkten.

Über das Schuleschwänzen wurde strengstes Stillschweigen vereinbart. Dann begaben sich die Schulschwänzer zurück nach Sameister und warteten auf den Mittagsbus. Dabei kauten und spuckten sie mit dem Grünzeug herum und einige kämpften, so wie der Hansi, bereits mit immer stärker werdenden Kopfschmerzen.

Mit schlechtem Gewissen ging er dann die Falchenstraße hinauf, bog auf halber Höhe in den „Bergblick" ab und hoffte, das ganze Abenteuer würde schon irgendwie gut ausgehen.

Doch die Mutter wartete schon, stand vor dem Haus, die Hände in die Hüften gestemmt, und fragte geradeheraus nach den Zigaretten, die sie, wie sie behauptete, trotz der Fichtenkur eindeutig roch. Am Vormittag war sie beim Einkaufen gewesen und dort war ihr sofort brühwarm berichtet worden, dass die Schulbuben sich in der Früh am Zigarettenautomaten eingedeckt hatten. Alles Weitere ließ sich vermuten und so musste der Hansi reumütig die ganze Geschichte vom Schuleschwänzen berichten.

Wie gut, dass der Sünder an seinem käsweißen Gesicht durchaus als krank zu erkennen war. So durfte er auch bald ins Haus hinein. Nach Mittagessen war ihm aber nicht zumute, sondern er legte sich gleich ins Bett, um die Folgen des ungewohnten Nikotingenusses zu verarbeiten.

Wäsenstechen

Von der anderen Lechseite ist schon ein paar mal die Rede gewesen. Dabei blieb der Fluss eigentlich immer eine Grenze, die man nur sehr selten überquerte, zum Beispiel um im Premer Wasenmoos für den winterlichen Heizvorrat zu sorgen.

Im Frühsommer nahmen sich Vater und Großvater Schütz dafür Urlaub im Betrieb und man ging an das Wäsenstechen. Die ganze Familie half bei dieser anstrengenden Arbeit. Im Premer Königsmoor wurde in den sechziger Jahren noch sehr intensiv Torf gestochen. Bei der Gewinnung der so genann-

Karl und Hans Schütz sen. beim Wäsenstechen

ten Wäsen waren im Laufe der Zeit tiefe Einschnitte entstanden, an deren Grund jeweils ein Fahrweg und rechts und links davon Entwässerungsgräben angelegt waren. Die Nutzer, die vom Forstamt eine Genehmigung benötigten, hatten jeweils eine kleine Holzbrücke über den Graben zu ihrem „Claim" gebaut, wo man dann die mitunter sogar mehrere Meter hohe Torfschicht abbaute.

Viele Tage verbrachte die Familie jedes Jahr im Premer Wasenmoos. Wenn der Hansi dorthin radelte, fuhr er immer besonders schnell an einem einsamen Haus vorbei, in dem sich jemand aufgehängt hatte.

Im Lechbrucker Stich – die Premer und die Bauern aus Steingädele hatten ihre eigenen Abbaugräben – war damals der Torfstich schon weit fortgeschritten. Im Claim der Familie Schütz waren es gut zwanzig Meter vom Brückle bis zu der senkrechten Wand der noch ungenutzten Torfschicht. Gleich hinter der Brücke stand zunächst eine Holzhütte, in der trockene Wäsen, Holzbretter und das benötigte Werkzeug lagerten. Dann kam eine mehrere Meter breite Fläche. Sie erstreckte sich, da sie den Torfabbau schon hinter sich hatte, auf der gleichen Ebene wie der Fahrweg, der den Torfstich erschloss. Rechts und links davon bildeten kleinen Gräben die Grenze zum Nachbar-Claim.

Auf dem abzubauenden Stich, zu dem eine schiefe Ebene aus langen Brettern hinaufführte, wurde zuerst die oberste Schicht abgetragen, die von moortypischen Pflanzen wie Wollgras, verschiedenen Moosen und dazwischen immer wieder einzelnen Sträuchern bis hin zu Spirken und Birken bewachsen war. Wenn man einen Streifen von ein bis zwei Metern freigelegt hatte, sodass der blanke Torf offen lag, begann der anstrengendste Teil der Arbeit im Torfstich.

Mit einem breiten Spaten wurde der Stich senkrecht in parallel laufende Streifen unterteilt. Aus diesen Streifen hob nun der Stecher mit dem Stechereisen die immer gleich langen und gleich breiten Wäsen heraus. Diese Torfbrocken von etwa fünfundzwanzig Zentimetern Länge und einer Grundfläche von etwa zehn mal zehn Zentimetern wurden mit einem kräftigen Schwung nach oben geworfen. Dort stand ein Fänger mit seinem Schubkarren bereit, mit dem die Wäsen ein Stück von der Stichkante weggefahren und zum Trocknen ausgelegt wurden.

Wer es sich leisten konnte, mietete sich einen Stecher. Aber sowohl als Fänger als auch zum Auslegen der wassertriefenden Torfstücke wurden die Kinder als Hilfskräfte eingesetzt. Diese anstrengende Arbeit, die mehrere Tage dauerte, hinterließ tiefschwarze Ränder unter den Fingernägeln und wurde nur von den hochwillkommenen Brotzeiten unterbrochen.

Selbstverständlich arbeitete man auf den nassen und glitschigen Torfböden in Gummistiefeln. Der schwere Holzkarren, den meist die Frauen oder älteren Kinder bedienten, ließ

Beim Wäsenstechen im Premer Wasenmoos
(Ende der sechziger Jahre)

sich nur schieben, wenn die Wege zu den Trockenflächen mit Brettern ausgelegt waren.

Leichter wurde es für den Stecher, wenn er seinen Stich so weit abgeerntet hatte, dass er die Wäsen nicht mehr nach oben werfen musste, weil sie auf der unteren Fläche neben der Hütte zum Trocknen ausgelegt werden konnten.

Nach dem Wäsenstechen musste man einige Wochen warten, bis je nach Wetter die ausgelegten Torfstücke so weit trocken waren, dass man sie zum endgültigen Austrocknen aufschichten konnte. Dazu wurden Stecken in den Boden gerammt, um die herum man immer abwechselnd zwei Wäsen längs und zwei Wäsen quer aufeinander „beigte". So konnten die Torfbrocken gut ihre Feuchtigkeit an die Luft abgeben.

War wiederum einige Wochen später der Trockenvorgang abgeschlossen, musste man erneut ins Wasenmoos. Für diesen Arbeitsgang lieh sich der Vater bei einem Bauern einen „Bulldog" mit Gummiwagen und zur Freude der Kinder mussten sie nicht mit dem Fahrrad hinstrampeln, sondern durften auf dem Wagen mitfahren.

Die trockenen Wäsen wurden mit „Kretten" genannten Körben zum Wagen getragen und für den Transport nach Hause aufgeladen. War der Wagen voll, so stapelte man die restlichen Wäsen in der Holzhütte und holte sie später ab oder ließ sie dort als Vorrat für kommende Jahre. Zuhause in Lechbruck wurden die Wäsen ordentlich im Schuppen aufgebeigt. Das war das wichtigste Heizmaterial für die kalten Winter im Allgäu. Selbstverständlich wurde auch Holz verheizt, aber die Torfstücke hatten einen wesentlich höheren Heizwert. Wenn man spät abends den Küchenherd noch kräftig mit Wäsen bestückte und den Zug nur wenig offen ließ, so hatte man am nächsten Morgen noch genug Glut für ein schnelles Feuermachen und auch das Wasser im „Schiffle" des Ofens war noch warm.

Außer der Küche wurde kein Raum beheizt. Die Schlafzimmer erhielten tagsüber manchmal durch offene Türen ein wenig Wärmezufuhr und für die kalten Betten gab es ja noch die mit heißem Wasser gefüllten Gummiwärmflaschen. Immerhin hatte man am Falchen schon Winterfenster, die mit einigen Zentimetern Abstand innen vor die einfachen Sommerfenster gehängt werden konnten. Damit es nicht zu sehr unten durchzog, legte man in den Zwischenraum mit Textilresten ausgestopfte Stoffwürste und im schlimmsten Fall, wenn es einmal längere Zeit unter minus zwanzig Grad hatte, konnte man ja immer noch die Fensterläden zumachen.

So war es im Winter eigentlich nur in der Küche so richtig warm. Dafür entstanden an den Fenstern immer wieder die phantastischsten Eisblumen, die von den Kindern zunächst bestaunt, dann aber meist mit ihrem warmen Atem Stück für Stück aufgelöst wurden.

Die andere Lechseite

Außer zu den regelmäßigen Arbeitseinsätzen im Wasenmoos kamen die Falchenkinder nur selten über den Lech hinüber.

Zum Baden war der Schmuttersee beliebter und noch mehr Zeit verbrachten die Kinder am Lech oder am Höllbach. Letzteren stauten sie auch einmal mit Hilfe von Holzpflöcken und Brettern auf. Der Erfolg war zwar nicht nachhaltig, aber es reichte doch für einige Tage zu einem kleinen sommerlichen Badevergnügen.

Das Premer Bad mochte man nicht so gerne, es war doch ein gutes Stück weg und mit den Kindern auf der anderen Lechseite kam man auch nicht immer so gut aus. Traf man sich, so konnte es recht schnell passieren, dass die von drüben einen bekannten Spottvers auf die Lechbrucker riefen: „Lechar, Lechar: Fiedlestechar!" Das hörten die „Lecher" natürlich nicht gern. Dabei gingen zumindest die Kinder aus dem Premer Ortsteil Gründl, der ja direkt an der Lechbrücke liegt, damals in Lechbruck in die Schule und zum Fußballspielen kamen sogar einige Premer nach Lechbruck in die Schüler- und Jugendmannschaften des TSV.

Einmal im Jahr gab es noch eine besondere Veranstaltung, bei der die gegenseitigen Animositäten der beiden Flößerdörfer auf eine friedliche Art abreagiert werden konnten, was den Erzählungen nach in früheren Zeiten nicht immer so gewesen sein soll. Im Fasching nämlich hatte sich der Brauch etabliert, dass jährlich abwechselnd einmal der Premer Faschingszug nach Lechbruck kam und im Jahr darauf die Lechbrucker einen entsprechenden Gegenbesuch in Prem machten. Auf den von „Bulldogs" gezogenen Gaudiwägen versuchte man besondere

Vorkommnisse im Nachbardorf deftig auf die Schippe zu nehmen.

Viele Jahre später, zu Zeiten des Innenministers Bruno Merk, war im Rahmen der Gebietsreform eine Begradigung der bayerischen Bezirksgrenzen in der Diskussion. Dabei gab es unter anderem den Vorschlag, die oberbayerische Gemeinde Prem in den Bezirk Schwaben einzugliedern. Fast alle Premer lehnten dieses Ansinnen vehement ab und als im Dorf darüber abgestimmt wurde, erteilten sie den Plänen des Ministers eine Abfuhr. In der Nacht vor dieser Entscheidung soll eine Gruppe junger Leute mit Fackeln durch das Dorf gezogen sein und ihren Protest mit dem lauten Schlachtruf unterstrichen haben:

„Unser wunderschönes Prem,
wer'n mir nia de Schwobn gem!"

Tatsächlich sind für Außenstehende die Unterschiede, auch die sprachlichen, zwischen den beiden Gemeinden kaum wahrnehmbar, für die Einheimischen sind sie aber doch sehr deutlich. Es zeigt sich hier im Übrigen ein Phänomen, das man viele Kilometer weit hinein ins Oberbayerische feststellen kann: Je weiter man sich nach Osten vom Lech entfernt, umso oberbayerischer und weniger allemanisch geprägt ist der Dialekt.

Diese Unterschiede waren damals und sind auch heute immer wieder Anlass zu Spott und Ausgrenzung. Die jeweils ein Dorf westlicher lebenden Menschen wurden nämlich bei Bedarf geringschätzig als „Schwobn" bezeichnet, selbst wenn diese in einem uroberbayerischen Ort wohnten, der noch weit weg von der tatsächlichen Sprachgrenze lag, dem Lech .

Ein so als „Schwob" oder noch deftiger als „Sauschwob" Beschimpfter hat als waschechter Oberbayer allen Grund tief beleidigt zu sein, wird aber trotzdem die gleiche abschätzige Bezeichnung bedenkenlos auf einen Mitmenschen anwenden, der wiederum westlich von seinem Dorf wohnt, und so weiter.

Auch der Hansi wurde eine ganze Zeitlang immer wieder mit der Bezeichnung „Schwob" konfrontiert, wobei bei ihm die Bezeichnung wenigstens insoweit richtig war, als er als geborener Lechbrucker nun wirklich ein Schwabe, genauer gesagt – und auch hier ist der Unterschied bedeutsam – ein Allgäuer war. So wird er sich, verstärkt noch durch den Schulbesuch in Füssen und die Freundschaft mit vielen Allgäuern von Trauchgau bis Nesselwang, von Pfronten bis Roßhaupten, immer als Allgäuer fühlen, auch wenn er mit vierzehn Jahren das heimatliche Ostallgäuer Flößerdorf verlassen und über den Lech hinüber in das ehemalige Klosterdorf Steingaden und somit ins Oberbayerische ziehen musste.

Der Hintergrund des Umzugs bestand zunächst einmal darin, dass im Winter 1963 die Großeltern Anna und Karl Schütz vom Auerberg weg und ebenfalls in das kleine Häuschen am Falchen zogen.

Familienstreit

Die ehemalige Genossenschaftskäserei an der Straß am Auerberg, Gemeinde Bernbeuren, wurde damals aufgelöst wie so viele der kleinen Allgäuer Käsereien im Zuge des Konzentrationsprozesses in der Milchindustrie. Die Bauern lieferten ihre Milch nicht mehr täglich zweimal an den Milchsammelstellen, also den Sennereien, ab, wo schon seit geraumer Zeit kein Käse mehr hergestellt wurde. Die neue Zeit im Milch verarbeitenden Gewerbe war angebrochen, als die vielen kleinen Sennereien von größeren Käsefabriken aufgekauft wurden und man allmählich dazu überging, die Milch mit großen Lastkraftwagen direkt bei den Bauern abzuholen. Der so genannte „Zutzlerwagen" war nun im Ostallgäu unterwegs. Er saugte die frische Milch in seinen großen Tank und fuhr damit nach Steingaden zur Firma Hindelang.

So wurde also auch die Sennerei an der Straß am Auerberg geschlossen und dem Käsermeister Karl Schütz, der noch einige Jahre vor der Rente stand, blieb nichts anderes übrig, als seine letzten Arbeitsjahre in der Steingadener Käsefabrik zu verbringen. Mit der Schließung der Käserei am Auerberg war klar, dass Hansis Großeltern nun in ihr Häuschen in Lechbruck ziehen würden, von wo es auch deutlich weniger weit zur neuen Arbeitsstelle war.

Zunächst wurde das Dachgeschoss des kleinen Häuschens am Falchen ausgebaut. So entstanden im ersten Stock eine Wohnküche, ein Schlafzimmer, ein kleinerer Nebenraum und als große Errungenschaft ein grün gekacheltes Bad.

Endgültig vorbei war es somit auch mit den immer mal wieder angestellten Überlegungen, den ersten Stock im Haus für die bereits dort wohnende Familie auszubauen oder gar den Dachstuhl quer zu stellen und gleich ein deutlich größeres Zweifamilienhaus zu errichten.

Mit sehr gemischten Gefühlen sah Hansis ganze Familie der Veränderung ihrer Lebensumstände entgegen. Die eigene Wohnung war mit dem Heranwachsen der beiden Kinder mehr und mehr zu klein geworden. Das Zimmer der Buben hatte gerade einmal Platz für zwei Betten, zwei Nachtkästchen, einen wackligen alten Schrank und zwei selbst gezimmerte Bücherbretter. Schon zum Hausaufgabenmachen mussten sich die zwei Schüler Platz am Küchentisch verschaffen.

Dazu kam, dass die Großeltern sich immer wieder als sehr schwierig erwiesen. So gab es über all die Jahre immer wieder

Oma und Opa vor dem Sommerhäuschen

Ärger mit dem Großvater, dem seine Obstbäume und Beerensträucher heilig waren. Es war nur gut, dass er normalerweise höchstens zweimal die Woche am Falchen zur Gartenarbeit erschienen war, nämlich am Donnerstag und am Samstag und zwar zu genau eingehaltenen Zeiten. So konnten sich die Kinder gut darauf einstellen und ließen, sobald sie zur erwarteten Stunde den Motor des grünen VW Käfers tuckern hörten, rechtzeitig das Fußballspielen oder Bäumeklettern sein. Schnell wurde dann der Fußball versteckt, da oder dort noch ein abgeknicktes Ästlein geschickt entfernt und der Garten so weit wie möglich aufgeräumt.

Auch den Eltern war der regelmäßige Besuch nicht immer willkommen, denn meist ging der mit deutlicher Kritik an der beim letzten Mal angeordneten Gartenpflege einher. Die Großeltern erwarteten auch von ihrem Sohn, dass er vor allem für die Arbeit an den großen Gemüsebeeten jederzeit zur Verfügung stand. Zur Erntezeit im Herbst, wenn die Äpfel, Pflaumen und „Griecherle" reif und die Johannes- und Stachelbeersträucher abzupflücken waren, mussten auch die Mutter und die Kinder zur Hilfe bereit sein.

Nach dem Einzug der Großeltern ins Haus hatte Hansis Vater den Vorteil, täglich mit dem Großvater zur Arbeit in die Fabrik fahren zu können. Bis dahin war er täglich um fünf Uhr in der Früh über den Lech hinüber, an Urspring vorbei, nach Steingaden geradelt – und das Sommer wie Winter, egal wie das Wetter war – und am späten Nachmittag wieder zurück.

Nur jeden zweiten Sonntag hatte er frei, denn auch am Samstag und an Sonn- und Feiertagen wurde beim Hindelang gearbeitet. In früheren Zeiten hatte er wohl auch einmal ein kleines Motorrad, eine Sachs, gefahren, aber daran konnten die Kinder sich nicht mehr erinnern. Das Zweirad stand kaputt und vollkommen eingestaubt in der hintersten Ecke des Schuppens.

Jetzt also gab es eine große Erleichterung, was den Arbeitsweg betraf, aber damit begann auch schon oft der Ärger. Kaum nämlich waren die beiden Männer nach der Arbeit zuhause eingetroffen und kaum hatte jeder die dann übliche Brotzeit zu sich genommen, musste der Schütz-Opa schon wieder im Garten weiterwursteln. Hansis Vater aber hätte sich gerne ein wenig mehr Zeit zum Ausruhen gelassen oder auch einmal nichts mehr im Garten geschafft. Aber da kannte der Opa kein Pardon. Wenn er die Treppe herunterkam, brummte er auch schon Richtung Küchentür oder klopfte gar energisch und gab bereits die ersten Anweisungen, was noch alles zu tun sei.

Noch schwerer hatte es die Mutter, denn deren Verhältnis zur Schütz-Oma war noch nie gut gewesen. Soweit es möglich war in einem so kleinen Häuschen, ging sie der Schwiegermutter aus dem Weg. Doch unausweichlich liefen sie sich immer wieder über den Weg, zumal ja die obere Wohnung keinen eigenen Zugang hatte, sondern über eine offene Stiege vom unteren Hausgang aus erreicht wurde.

So kam es zu immer mehr Streitigkeiten und immer öfter hörte der Hansi auch, wie sich die Mutter abends bitter beim

Das Haus am Falchen mit ausgebautem Obergeschoß,
seit den sechziger Jahren mit der Adresse „Bergblick 23"

Vater beklagte, wie böse doch die Schwiegermutter immer wieder zu ihr sei. Vor allem dann, wenn sonst keiner im Haus sei, werde sie ständig beschimpft und mit den alten Geschichten belästigt, nach denen der Johann Schütz doch etwas viel Besseres verdient gehabt hätte als gerade sie, die Else Suiter.

Auch die Schütz-Buben erlebten eine zusätzliche böse Überraschung. Sie hatten zumindest gehofft, dass der Einzug der Großeltern und deren neu eingerichtetes Bad ihnen ganz andere Möglichkeiten für das samstägliche Baden und Haarewaschen eröffnen würden. Doch daraus wurde nichts. Das hellgrün gekachelte Bad blieb den Großeltern vorbehalten, die noch dazu nur selten davon ausführlich Gebrauch machten. Selbst wenn die Kinder einmal oben bei Opa und Oma waren und aufs Klo mussten, hatten sie nach unten zu gehen, wo die bescheidenen Verhältnisse sich, solange sie sich zurückerinnern konnten, nie verändert hatten. Immerhin gab es aber eine Wasserspülung, die mittels einer dünnen, von einem Hochbehälter herabhängenden Eisenkette ausgelöst werden konnte.

Toto und Lotto

Wie zu erwarten war, ging das Zusammenleben von drei Generationen in dem kleinen Haus am Falchen nicht lange gut. Die Konflikte häuften sich und bald gab es erste Überlegungen, wie man die Situation verändern könnte. Dazu kam, dass der Vater unzufrieden war mit der schweren Arbeit in der Käsfabrik und der langen Arbeitszeit. Er musste ja auch an Sonn- und Feiertagen arbeiten. Die Zuschläge, die er dafür bekam, waren allerdings auch nötig, weil sie die an sich sehr schlechten Tarife in der Lebensmittelindustrie so weit aufbesserten, dass man einigermaßen über die Runden kam.

An große Sprünge, was zum Beispiel Kleidung oder Möbel betraf, oder gar einmal einen Urlaub, war aber nicht zu denken.

Was sich der Vater leistete, waren seine Zigaretten und sein wöchentliches Lottospielen. Darin sah er wohl die einzige Chance, einmal aus den ärmlichen Verhältnissen herauszukommen. Wenn man am Küchentisch die grünen Zettel ausfüllte, wobei auch die Buben manchmal Zahlen diktieren durften, kam man immer wieder ins Phantasieren. Was würde man nicht alles tun mit dem großen Gewinn! Selbstverständlich stand ein eigenes Haus mit Garten ganz oben auf der Wunschliste aller.

Manchmal spielte der Vater neben Lotto auch noch die Fußballwette Toto. Bald schon hatte er mit einigen anderen Arbeitskollegen für dieses Spiel eine Tippgemeinschaft vereinbart, bei der er als hochgradiger Fußballexperte natürlich großen Einfluss auf die Auswahl der Zahlen hatte. Dass man mit dieser Wettform aber kaum einmal das große Geld machen würde, war ihm wohl doch weitgehend klar. Gingen nämlich die Spiele so aus, wie die vielen Experten es erwarteten, waren die Gewinnsummen gering, weil ja durch viele Gewinner zu teilen war. Tippte man aber gegen die allgemeinen Erwartungen, so war die Gewinnchance wiederum so klein, dass man besser noch einen Lottoschein ausgefüllt hätte.

Gleich bei der Einführung des Fußballtotos spielte auch die Urmioma einmal mit. Sie machte alles richtig und sah alle Ergebnisse richtig vorher, ohne allerdings genau zu wissen, wie das Spiel überhaupt funktionierte. Sie hatte einfach bei allen Spielen die 1, also die Zahl für den Sieg der Heimmannschaft angekreuzt und die Möglichkeit einer 0 für ein Unentschieden oder einer 2 für Auswärtssiege ignoriert. Tatsächlich gab es an jenem Wochenende nur Heimspielsieger und die Urmioma freute sich schon auf einen großen Gewinn. Der fiel dann aber so dürftig aus, dass die Summe nicht der Rede wert war. Offensichtlich gab es bei Einführung des Totospiels zahlreiche Mitspieler, die nicht so recht wussten, um was es da ging.

Trotzdem verdiente die Urmioma Geld mit dem Lottospielen, weil sie in der Lottoannahmestelle mithalf, die nur wenige Meter von ihr entfernt in einem Haus am Gruberbach untergebracht war. Sie wohnte damals noch im ersten Stock eines kleinen Häuschens im Unteren Dorf. Später, als der Hansi schon in Steingaden lebte, zog sie übrigens ebenfalls an den Falchen, wo sie viele Jahre in einem Einfamilienhaus am „Bergblick" wohnte, gar nicht weit weg vom Ort des hier beschriebenen Kindheitsgeschehens.

Der Umzug

Der Vater war also unzufrieden mit seiner Arbeit und das Zusammenleben mit den Großeltern wurde mehr und mehr zur Belastung. So sah Johann Schütz sich nach einer anderen Arbeitsmöglichkeit um, was den kleinen Hansi mit Hoffnungen, aber auch mit Ängsten erfüllte. Eine Zeitlang war von den Füssener Hanfwerken die Rede, wo man damals noch Arbeitskräfte gebrauchen konnte. Auch dort gab es, wie zu hören war, nicht allzu viel zu verdienen, aber dafür hatte man die Möglichkeit in einer Betriebswohnung unterzukommen, wo die Mieten erschwinglich gewesen wären. Diese Aussicht schmeckte dem Hansi gar nicht so schlecht. Denn das tägliche Busfahren hätte sich damit erübrigt und in seiner Klasse saßen einige Füssener, mit denen er recht gut auskam, von einem wusste er sogar, dass dessen Vater ebenfalls bei den Hanfwerken beschäftigt war.

Ein anderes Mal fuhr man mit einem entfernten Verwandten mütterlicherseits nach Kaufbeuren, wo an der Ausfallstraße Richtung Bad Wörishofen ein Tankstellenpächter gesucht wurde. Damit wären die Schütz-Buben aber nicht so einverstanden gewesen. Kaufbeuren war nicht nur fremd und unbeliebt, auch die ungewohnte Arbeit eines Tankwarts konnten sie sich bei ihrem Vater eigentlich nicht so recht vorstellen.

Nach einigem Hin und Her ergab sich eine Lösung des Problems, mit der eigentlich alle Familienmitglieder zufrieden sein konnten: Die Firma Hindelang besaß in Steingaden eine ganze Reihe von Firmenwohnungen, von denen eine geeignete im Herbst frei wurde. Sie befand sich im so genannten alten Forsthaus zwischen dem Dorfbach und der alten Klostermauer hinter der Apotheke.

Im ersten Stock wohnte der Förster Stögbauer mit seiner Familie. Die frei gewordene untere Wohnung war ausreichend groß. Neben einem ölofenbeheizten Wohnzimmer und einer Wohnküche gab es zwei Schlafzimmer, von denen das größere leicht in zwei Einzelzimmer für die Buben aufgeteilt werden konnte. Auch ein Badezimmer mit einem Boiler fehlte nicht, der konnte mit Torf oder Holz beheizt werden. Um das Haus herum war viel Platz. In einem Nebengebäude war neben zwei großen Garagen die Waschküche untergebracht mit einem geräumigen Dachboden darüber. Ein gekiester Vorplatz, aber auch ein Gemüsegarten und eine große Wiese zum Fußballspielen waren vorhanden. Obwohl mitten im Ort, nur wenige Meter vom Marktplatz gelegen, sorgten zahlreiche große Laubbäume und die hohe Klostermauer auf der einen und der Dorfbach auf der anderen Seite für ein ruhiges und fast schon verstecktes Leben am neuen Wohnort. Eine kleine Brücke führte vom Garten aus über den Dorfbach direkt hinüber zum Postamt auf der anderen Seite der Durchgangsstraße und von da aus ging täglich der Postbus über Trauchgau, Halblech, Buching, Schwangau und Hohenschwangau nach Füssen, sodass die Schütz-Buben nach dem Umzug nicht einmal die Schule wechseln mussten.

Und so zog die Familie Schütz im Herbst 1965 in das alte Steingadener Forsthaus.

Damit war für den kleinen Hansi die Kindheit am Lech abgeschlossen.

Nachwort

Die Idee, ein Buch über meine Kindheit in Lechbruck zu schreiben, war über Jahre hin schon in meinem Kopf vorhanden. Wenn sich die Gelegenheit bietet, Geschichten aus der Vergangenheit wieder aufleben zu lassen, wenn man Begebenheiten aus Kinder- und Jugendtagen erzählt, fällt ja oft der Satz: „Da könnte man ein Buch darüber schreiben." Dieser Satz war für mich von jeher mehr als eine Floskel, schon immer wusste ich: Eines Tages werde ich mich hinsetzen und mit diesem Buch beginnen.

Mit den ersten Schreibversuchen habe ich kurz vor der Jahrhundertwende begonnen. Die Einleitung und einige weitere Seiten waren damals schnell geschrieben, doch danach verhinderten alle möglichen Aktivitäten eine Weiterarbeit an meinen Kindheitserinnerungen.

Ab dem Frühjahr 2004 ging es dann aber in schnellen Schritten voran und noch vor Pfingsten war das Buch fertig.

Ich habe versucht, was nicht immer ganz leicht fiel, mich so gut, wie die Erinnerung es möglich machte, an die Fakten zu halten. Bis auf wenige Gespräche mit meiner Mutter Else Schütz und einer gezielten Nachfrage bei meinem Bruder Richard Schütz habe ich keine Zeitzeugen befragt.

Das Buch enthält nichts Erfundenes, ja im Zweifelsfall habe ich eher auf einiges verzichtet. Andererseits ist mir klar, dass das Erzählte trotz aller Bemühungen um Objektivität die subjektive Sicht meines eigenen Blickwinkels wiedergibt. Trotzdem hoffe ich, dass vorkommende Personen sich wiederfinden können und sich nicht in ein falsches Licht gesetzt fühlen.

Mein Dank gilt meiner Frau, Marianne Schütz, für ihre Geduld und ihr Verständnis während meiner oft sehr zeitaufwändigen Arbeit an diesem Buch.

Peiting, 1. Februar 2006